庫JA
〉

エンドロール

鏑木 蓮

早川書房
7307

エンドロール

登場人物

門川誠一（かどかわ・せいいち）………映画監督志望の青年

帯屋史朗（おびや・しろう）……………〈ニュー千里アパート〉に入居していた老人

甲山南（こうやま・みなみ）……………〈ライフメンテ〉の営業部長

長塚忠夫（ながつか・ただお）…………元東和映像株式会社の社員

楠瀬恭一（くすのせ・きょういち）……高齢者マンション〈憩いの里〉の入居者

菊池太郎（きくち・たろう）……………岩手県大船渡市三陸町に住む元漁師

菅原晋（すがわら・しん）………………民宿〈綾里〉の長男、大学生

兼松豊子（かねまつ・とよこ）…………ＮＰＯ法人〈千里介護センター・声かけ隊〉の女性

1

七月二十日、午後七時十分。

僕はへっぴり腰でドアに鍵を差し込んだ。解錠される金属音にすら恐怖を感じ、あとずさりした。

考えたくはないが、呼び鈴に返答がなく、郵便受けから溢れ出ているダイレクトメールやチラシを見れば、この一〇三号室の住人、帯屋《おびや》史朗《しろう》がここ数日部屋から出ていないことは明らかだ。

異変に気づいた住民が管理会社に電話し、それに対してオペレータが「はい、はい」と簡単に返事をする。オペレータからの連絡を受けた会社の担当者は、軽く様子を見てこいと命令するだけで済むが、現場に送り込まれる下っ端はそこからが大変だ。そしてさらに損な役回りを命じられるのは、僕らのような管理係のアルバイトだった。

「この団地で七人目だからね、孤独死。ここの棟では初めてやけどな」

隣の部屋の爺さんが姿を見せ、なぜか明るく言った。そのくせ、いざドアを開く段になると、さっさと自分の部屋へ引っ込んでいく。

そんなこと言うなら一緒に立ち会ってくれてもいいじゃないか。

心の中で舌打ちしてドアノブを握った。

〈ニュー千里アパート〉は、大阪府吹田市内でもマンションが密集している千里ニュータウンの中にあった。

十七棟あるうち僕の担当は三棟で、一棟に七十世帯が暮らしている。世帯という言い方をしたが、その多くが七十歳以上の一人暮らしだ。

九号棟はアパートの敷地のほぼ真ん中にあり、中庭に面していて開放感があった。広くはない庭だけれど、あるとないとでは圧迫感が違う。

賃貸が始まった昭和四十二年には、中庭の見える八、九、十号棟と十五、十六号棟の五棟に人気が集中したというのも分かる。

当時は高嶺の花で家賃もかなり高く、大卒の初任給が二万四〇〇〇円という時代に、2DKのここが五〇〇〇円だったそうだ。

いまは老朽化も激しく、家賃は四万五〇〇〇円。当初と比べれば随分格安になったといえる。このままではますます価値が下がっていくと、僕のバイト先である〈ライフメンテ〉の親会社〈千里興産〉が物件を買い取り、再開発事業に乗り出した。

十七棟すべてを壊して、住居と商業施設の複合的な建物にするというのだ。そのためバイトには、特別な仕事が課せられた。

複合施設建設計画を説明して回り、一軒一軒と転居の承諾覚え書きを交わす業務だ。会社は当然住み替え場所を用意してはいる。けれども場所も建物も、けっしていいとは思えない物件ばかりだ。

孫になれ。高齢者が気を許しやすいのは息子世代ではなく、二十代の君たちだと会社はハッパをかける。

つまり、高齢者の孤独で寂しい心の隙間に入り込むために、僕たちは雇われたようなものだ。

気持ちのいい仕事とは言えない。特別ボーナスが用意されていなければ、手を出さなかっただろう。一軒の〝立ち退き〟交渉成立につき一万円の報酬が、多少の罪悪感をどこかへ押しやった。

僕から見ても、この老朽化した建物に人が住むのはそろそろ限界だと思う。

夕暮れ時に、悲しい悲鳴のような音が聞こえてくることがある。その音の正体が、風が通る音か、鉄筋コンクリートがきしむ音なのかは分からないが、大きな地震でなくとも倒壊しそうな危うさを感じさせた。

廊下の天井を見上げた。真上にある蛍光灯が、せわしく明滅する。ホラー映画で何かことが起こるモーテルの電飾看板は、おおかたショートしているものだ。

さっさと交換しておけばよかった。

数人から苦情が寄せられたが、調べたときはまだ点灯していたため、ほったらかしていた。僕はドアノブを握り直した。熱帯夜続きの真夏にもかかわらず冷たい感触が伝わる。ゆっくり引き、十センチほどのドアの隙間を作り、そこに顔を近づけた。冷気が頬を撫でる。

エアコンがついているのか。

「帯屋さん、帯屋さん」呼びかけて、返事を待った。

すぐに返事がなくても、死んでいると決まったわけではない。

病気で伏せっていて、声が出せないだけということもある。そう言い聞かせて何度か声をかけ、神経を耳に集中させた。

しかし返事はない。だが、中から音が聞こえてくる。

音楽？　テレビだろうか。

つけっぱなしのテレビの前で孤独死を遂げていたという、ドキュメント番組のワンシーンを思い描いた。

些細な出来事でも、どんどん想像を膨らませていける。頭で映像化してしまうのだ。子供の頃から一人遊びが好きで、天井のシミ、壁紙の模様、ふすまの汚れからでさえ物語が生まれた。鉛筆や消しゴム、物差しやコンパスも立派な登場人物となり得たし、それらを操る僕の手は神となった。

風邪で学校を休むと、疲れて眠るまでベッドで想像に耽ることが許される。それが楽しくて何度となくずる休みをした。

思春期になれば、もっと現実に目が向くものなのだろうが、僕の場合はますます想像の世界に惹かれていった。

病気なのではないか、と悩んだこともある。けれど中学生のときティム・バートン監督の撮った映画「エド・ウッド」を観て、妄想癖の僕にも向いている仕事があることを知った。

この映画は、実在の映画監督エド・ウッドが「史上最低の映画監督」と嘲笑される中、なお撮りたいものを撮り続ける姿を描いている。

主人公の奇行にはところどころ理解できない場面があったものの、映画の「夢のためなら闘え！　他人の夢を撮ってどうなる？」という台詞が、僕に映画監督になるという夢を与えてくれたのだ。

ドアに摑まるようにして耳を澄ますと、中からの音が徐々に鮮明に聞こえるようになってきた。

死体の第一発見者になるのか。嫌な想像に汗が噴き出す。

いい経験になるから行ってこい。

管理会社の社員で、僕の上司にあたる甲山《こうやま》が軍手やマスクを渡しながら言った。そのときの甲山の顔が、にやついていたことを思い出す。

まったくなんて嫌なやつだ。

この先、正社員になる気など微塵《みじん》もないのに、どうしてこんな経験をしなければならないんだ。

映画監督になる、と言って高校卒業と共に島根県松江市を飛び出した。初めは東京へ行って映像関係の会社を回った。

けれども大学も出ておらず、専門学校にも行っていない僕には、入社試験が難しくまったく歯が立たなかった。食うために映画とは関係のない小さな工場に潜り込んだが、性に合わず退社。その後職を転々とするだけで、どこも長続きはしなかった。

東京の水が合わないんだ。

そう勝手に決めつけて、文化の違うといわれている大阪へやってきた。

人付き合いが苦手だから、工場の製造ライン作業なら勤まるだろうと、電器メーカーの派遣労働にありついた。結局それも人間関係が上手くいかずに辞めて、様々なアルバイトで食いつないでいる。

映画関係の仕事に就くためには、作品を持ち込むしかない。

夜中にやっている警備員の仕事の他に、ここの管理人のバイトを増やしたのも自主映画を制作する資金を作るためだ。

きっと夢を実現させてやる。いまの苦労はすべて夢のため、と言い聞かせてきた。

しかし実際には収入のほとんどが生活費で消えていき、夢を語る相手もいない。

遺体を発見したら、いっそ孤独死をテーマにした映画でも撮ってやるか。

無理に笑ってみようとしたが、こわばって口が開かなかった。

チクショウ。

心の中で悪態をついて、「ライフメンテの者です。管理人です」とドアの隙間からまた言葉をかける。

聞こえてくる音声は、どうやらテレビのものではないようだ。途切れなく喋る感じ、これはラジオにちがいない。

「お邪魔します、入りますよ」もう一度マニュアル通りの言葉をかけ、思いきってドアを開いた。

開け放ったドアが閉まらないように素早くドア止めを差し込む。これもマニュアルにある事項だ。

賊が潜んでいた場合にすぐ逃げられるように、そして僕らスタッフが何かを持ち逃げしないようにオープンにし、透明性を確保しておくためだ。

玄関脇にある電気のスイッチを入れた。暗がりでもスイッチの配置は把握している。

廊下の蛍光灯と共鳴するかのように二、三回点滅して目の前が明るくなった。

半畳の玄関を上がると四畳半のキッチン、その奥に六畳の洋室と和室がある。ラジオの音声が少しずつ大きく聞こえてくるが、洋室に帯屋の姿はなかった。

ほっとして息が漏れた。

和室に布団の敷いてあるのが見えた。

僕は目を閉じ、和室の電気をつけた。

2

吹田署の刑事が僕の言ったことを報告書に書き込んでいた。

「門川誠一《かどかわせいいち》さんは年齢、二十九歳、現住所吹田市上山手町光徳荘一〇五号。本籍は島根県松江市千鳥町でしたな」確認するたびに、僕を睨む。

「そうです」

「ニュー千里アパートの管理人の仕事をしていて、遺体を発見した。管理人いうても、アルバイトみたいなもんなんですね」

「みたい、じゃなくて、純然たるバイトです」

バイトに純然というのも変な話だ。

刑事の目は、まだ僕を見つめたままだ。

「清掃や電灯の交換などメンテナンスが主たる業務、と。で、住民からの連絡を受けて一〇三号室を見に行ったところ、そこの住人である帯屋史朗さんが、横たわっているのを発見した。帯屋史朗さんに間違いはないんですね」刑事は抑揚のない話し方をする。

口調は事務的なくせに視線は粘着質だった。

「間違いないです」と返事をして「これで二度目なんですけど」憮然として言った。

柔道で耳がつぶれたのであろう猪首の刑事の、繰り返しの質問にはうんざりだ。

何度訊かれても、ラジオをつけっぱなしのまま、腕枕をして横になっていた帯屋老人を揺すってみたが無反応で、冷たくなっていたと答えるしかない。それから急いで一一九番したのだと。五分ほどでやってきた救急隊員は目視をするとすぐ一一〇番した。

警察がやってきてからすでに二時間以上が経過し、午後九時半を過ぎていた。

「帯屋さんの様子ですが、苦しんだようには見えなかったということでしたな」

「ええ。苦しそうな顔には見えませんでした。まじまじとは見てないですけど」

顔面が苦痛にゆがんでいたり、指が虚空を摑む格好でなかったことだけが、せめてもの救いだった。それが正直な気持ちだ。

ただ、そこに横たわっているのが帯屋老人の遺体だということ以上に、彼がついさっきまでラジオを楽しんでいたと思わせる状況に、さみしいものを感じた。

思いもよらない形で、命のスイッチが切られた瞬間。それを目の当たりにしている嫌な感覚。

その怖さの正体を、明確な言葉では表すことができない。

高校生のとき映画館でスクリーンを観ていたら、中央に黒いシミが現れ、それがみるみるうちに主人公の顔を覆い尽くしてしまったことがあった。すぐに映写機が止まって、画面が消えて館内の明かりが点いた。

シミを見つけてから十数秒はあったと思う。フィルムが熱で焼けていくというのは知っていた。フィルムの素材が燃えにくいものになったいまでは、考えられない現象だ。

フィルムは燃えていき、映写機のスイッチが切られた。小学校時代に観た「ニュー・シネマ・パラダイス」のフィルムが燃え出すシーンを思い出していた僕は、周りの客ほど驚きはしなかった。

ところが実際に、映像が消えストーリーが中断されると、泣きたくなるほど空しさが押寄せてきた。いままで観ていた物語は、ただの幻影なんだと思い知らされたからだ。

それまで主人公に感情移入していただけに、一瞬の間に遮断された衝撃は大きかった。あっけなく消える映像が、僕にはなぜか無性に怖かった。

そのときと同種の怖さを、ただ流れっぱなしのラジオに感じた。

「あなたが、帯屋さんに最後に会ったのはいつですか」依然、鋭い目つきで刑事が訊く。

刑事の質問にうんざりしていた僕は、そっぽを向いて言った。「たぶん、ひと月ほど前だったんじゃないですかね」

「あの部屋で？」

「そうですよ」横目で刑事の顔を伺った。

相変わらずイノシシのような顔つきをしていた。

「何しにいったんですか」

「帯屋さんは年金暮らしだから、すぐに転居先の高齢者向けマンションに入居できますって伝えにいきました」今度は刑事の顔をしっかり見据え、仕事で帯屋を訪ねたことを強調した。

それでも刑事の目は、僕を疑っているように見える。

遺体の発見者というものは、それでなくとも気分が悪いのに、嫌疑をかけられてはまったく割りが合わない。

「あの刑事さん。帯屋さんの死因はなんだったんですか」はき出すように訊いた。

「いや、それははっきりしてないんで、まだ申し上げられません。ですが目立った外傷などはなかったようです。病死の可能性が高いですね」

「じゃあ、もういいんじゃないですか。病気で亡くなった帯屋さんを、たまたま僕が発見しただけということですよね」

それなら疑われる余地はないではないか。

「まあ形式的なものとご理解ください」テレビドラマの刑事がよく言う台詞を口にした。刑事はそのまま続ける。「しかし、知っている人間の死体を見たんですから、さぞかしびっくりしたでしょう？」

上手くはぐらかされた感じだ。

「知ってるっていっても会ったのは、一度です。けど、そりゃ驚きましたよ」当然でしょう、という顔をして僕は答えた。せめてもの抵抗だ。

刑事の方も大げさにうなずき、「そうでしょうね。軍手にマスクはなぜ？」と言ってから、随分用意がいいですな、と嫌みを付け加える。

僕は同じ団地の違う棟で孤独死が数件あり、会社を出るときに持たされたのだと答えた。

「何でしたら、会社のマンション管理課の甲山という人に確認してもらえば、その点もはっきりすると思いますけど」

「すぐに確認しましょう」

即答の刑事の言葉に、悪事を働いたわけではないのにぎくっとした。警察など、長い時間いるところではない。

「僕、バイトの時間なんですけど」二ヵ所のバイトで暮らしていることを伝え、けっして暇をもてあましている人間ではないと言いたかった。

夜は十時から、朝六時まで道路工事現場などの夜間警備員をしている。それが僕の生活を支えていた。午後一時から五時までニュー千里アパートの管理業務をしていたが、管理人室にいるのは週三日で、後は苦情があるときに呼び出される。その合間を縫い、特別手当を狙って転居の承諾を得るために汗だくになっているのだ、と手振りを加えて話した。

僕の話に刑事は、いちいちうなずく。その仕草がわざとらしい。

「それはすまんことです。しかし二つのアルバイトを掛け持ちとは大変ですな。定職には就いてないいんですか」

今度は帯屋老人のことではなく、僕の暮らしぶりを訊いてきた。特に家計のやり繰りを聞き出そうとする。

「プライベートなこと、関係あるんですか」僕は長く伸びた髪を掻き上げた。散髪屋に行くお金がもったいないと半年以上髪を切っていない。

「いや、これは申し訳ない」気持ちのこもっていない謝罪の言葉の後、「今夜は残業だったんですね。遺体発見は午後七時過ぎですから」と突然、刑事が話題を帯屋老人のことに戻した。

「いいえ、残業とかじゃなくて、ちょっと帰るのが遅れただけです。そしたら会社から電話があって」実際は管理人室のパソコンでネットサーフィンをしていた。

光通信で速く、つなぎ放題をいいことに、映像企画の資料収集に利用させてもらっていた。ありがたいことにプリンタもあるし、コピー機も揃っている。もちろん会社には内緒だった。

「帰りが遅れた。そうですか、分かりました」と刑事がうなずいたとき、別の刑事が入ってきて何かを耳打ちした。

すると、「今日は、本当にお疲れ様でした。ご協力を感謝します」急に刑事の口調が丁寧になった。

「もういいんですか」

何だかよく分からなかった。

「ええ。民生委員の方によって、本人確認もできましたしね」

「そうなんですか」

僕の証言だけでは信用されていなかったということか。何か嫌みを言いたかったが、思いつかない。ともかく僕は、解放された。

3

警備のバイトを終え、午前七時前に帯屋老人の部屋より遥かに狭い安アパートへ帰った。汗と排気ガスで汚れた身体をとりあえずシャワーで洗い流す。ベッドに座っておんぼろの扇風機で髪の毛を乾かしているうちに、いつもは眠気が襲ってくる。

しかし今朝はいっこうに眠くならない。

隣接するビルの窓が迫っているため、窓のカーテンは一日中閉じたままだ。そのカーテンも、クーラーのない開け放った窓の、汚れた網戸で擦れて黒ずんでいた。

それでもカーテンを揺らすほどの風があればいいが、いまはそよともしない。蒸し暑さが眠気を妨げているのかと、ベッドに横になって扇風機を身体に近づけてみた。

熱いシャワーのせいで感じる暑気はましになるが、目を閉じても眠気は起こらない。

身体はいつも同様疲れ切っているのに、神経が高ぶっているのかもしれない。

帯屋老人の死体を見たせいか。それともあのいけ好かない刑事のせいなのか。

遺体を見たのは初めてではなかった。

小学校六年の夏、親父が死んだ。

愛人のマンションで酒を飲んでいて具合が悪くなり、病院に運ばれたが間に合わなかった。母親と一緒にタクシーで病院へ駆けつけ、ベッドの父の遺体と対面した。まだ口にチューブが取り付けられていて、腕と点滴チューブはつながったままの状態だった。母が泣き叫んだが、父はピクリとも動かない。変わり果てた父を僕はどうしても許せなかった。十二歳の子供でも、愛人の家で倒れたということが何を意味し、母がどれほど悔しかったのかは分かる。

だからといって、母の味方にもなってやらなかった。いや、気持ちの中では母が可哀想だと思っていたのだけれど、ひたすら父の遺体にすがって泣いている母にも、なぜか腹が立った。

理由は分からないが、無性に嫌悪感がわき上がってくるのをどうすることもできなかった。それからというもの、何につけても素直になれず、出雲地方の言葉で「だらず子」として中学校時代を過ごした。

ようするに勉強もしないし、運動クラブで汗を流すこともなく、好きな映画ばかりを観て過ごしたということだ。

母は、誠実で仕事のできる男になってほしいと何度となく言った。

等身大の僕など少しも見ず、やればできるはずだと尻を叩く。なのに、もっとも自信を持っていた図工や美術の成績が上がっても、けっして褒めてはくれなかった。

いい大学を出て、いい会社に入るという母の息子像とのギャップは、もはや埋めようのないものになっていった。

いつしか映画館の暗闇は隠れ家になり、映画を観ているときだけ、何もかも忘れられた。

そうだ、映画を観れば落ち着くだろう。

中古で買ったビデオデッキにテープを差し込んだ。買ってきたばかりのトミー・リー・ジョーンズ主演の「追跡者」という映画だ。ハリソン・フォードが主演した「逃亡者」と一緒に買った。僕にしては珍しく派手なアクションものだ。

テレビコマーシャルに出ているトミー・リー・ジョーンズの演技を再確認してみたかったのだが、なかなか集中できない。映像は観ているのに、ただ遠くを流れていくだけで、少しも感情移入できなかった。もちろん俳優たちの演技に問題があったのではないし、脚本に欠点があったのでもない。

何かが心に爪を突っ立てていた。

いったい何だろう？

帯屋老人の部屋の隣に住む爺さんの顔がふいに出てきた。妙に明るい顔で言った「七人目だからね、孤独死」という言葉が耳朶《じだ》に残っている。

孤独死。その言葉がひっかかっているのだろうか。

携帯が鳴った。

ほんの少しまどろんだようで、ぼうっとした頭のまま電話に出る。

電話は甲山からだった。

「今日は朝から大変やったで、警察やら役所やらの対応でな」甲山のやたら大きく甲高い声が、寝不足の頭に響く。

大変だったのはこっちの方だ。ねぎらいの言葉の一つもないのか。

「ところで頼みたいことがあるんや。今日は一日、何やかやと警察の調べもあってあの部屋に入れへんさかい、明日、部屋の整理をしてほしい」

相変わらず、甲山は早口で喋る。いつも話を飲み込むまでに、一度咀嚼する時間が必要だった。

「整理ってどういうことですか」嫌な予感に包まれつつ、尋ねた。

ベッドに座るために身体を起こすと、ずしりと頭の芯が重い。酒を飲んでもいないのに二日酔いのように不快だった。

「整理いうたら、その言葉通り整理やがな」

言葉の意味は分かっている。「でも、まだ亡くなって間なしですが……」

「アホか。そんなもんいつまでも置いとけるか。置いといたら、死んだもんが戻ってくるんやったら、待つけどな」

「……具体的に何をすればいいんですか」

「ああ、そうか。門川は知らんわな」何がおかしいのか声が笑っている。

「これまでも他の棟で死人が出てるのは聞いてるな」

「ええ、詳しくは知りませんけど」僕は足の指で扇風機のスイッチを入れた。

風が生暖かい。どうやら今日も暑い日になりそうだ。

「数が増えてきてるんやけど、いままでの遺体は引き取り手があったんや。けど帯屋さんはおらんようやさかい、こっちで遺品の整理をせんならん」

やはり遺品整理か。

「警察からの連絡では、死後一日二日いうとこやそうや。エアコンも入ってたし、特殊清掃業者、つまり整理屋さんに頼むほどのこともないやろうということになったんや。とまあ、わしが決めたんやけどな」

会社が甲山の決めたことに、これまで反対したことはない。

「うちで引っ越しのときに頼んでる産廃業者さんにきてもらうよって、後腐れがないように整理しといてほしいんや。まあメンテナンスの範疇ちゅうことでな」と言って今度は露骨に笑い声をあげた。

僕には笑えない話だ。

「後腐れというのは、どういうことですか」

妙に気になった。

「遺体の引き取りは拒否してても、時間が経つと、あれはどこにやったとか、こんなもんを持っていたはずやとか言うてくる遠縁ちゅうんがおるもんなんや。そんな輩には、整理リストを見せて、ほれこの通りきちんとやってますってとこ見せたるんや。たいがいは言いがかりやから、それで収まる。そやけど書類がなかったら、ええ加減に処理したように言いよる。予防線を張っとかなあかん」

そんな大事なことをバイトにさせないでほしい。心の中で抗議した。

「部屋にある荷物のリストを作れってことですね」言葉は、甲山の要求に応えようとする。自分の気持ちに嘘をつくのは、蛇に睨まれたカエルの気分より悪い。

「まあ、そういうこっちゃ」

よくも簡単に言ってくれる。またあの部屋へ入らねばならない、そう考えるだけで寒気がした。

「はあ」ため息のような返事しかできなかった。

「三時半に、業者さんが行きよるさかいに、それまでに頼むで」甲山が念を押した。

「それで、あの帯屋さんの」遺体と言おうか、身体と言っていいのか迷った。

「ああ、ホトケさんか」あっさりと甲山が言った。

「そうです、そのホトケさんはどこにあるんですか」

「警察が死体及び所持金品引取書を添えて、吹田市に引き渡したんやそうやで」

「その後はどうなるんですか」

「茶毘《だび》に付して市営施設に保管するか、どっかの寺に納骨するやろ。門川くんは、こんなことはじめてやから戸惑うやろけどな、そんなもんや。だいたい行政かて深追いする気もあらへんしな」

深追い、という単語が耳に残った。

「このところ増えてるさかいな、孤独死、無縁仏いうのが」

これからやる整理のことで頭がいっぱいで、甲山に言葉を返せない。

「無縁仏ですか」と言ってみたが、その言葉自体に特別な感慨はなかった。

「門川が気にしても、仕様がないやないか」

「別に気にしてるわけでは……。僕には関係ないですから」

「そうや。面倒なことは、みんな他人任せの方が、あっさりしててええんや」甲山はいっそう大きな声で笑う。

「そうですね」甲山の言うことは間違っていないと思う。ただ彼の楽しげな物言いは、どうも好きにはなれない。

「ほな、万事迅速にな。これで九号棟で残ってるのは三十八戸や、やっと半分近くまできたがな。引き続き覚え書きの方も頼むで」死体発見現場に戻らなければならない人の気も知らず、甲山は嬉しそうに言って電話を切った。

きた道を戻る。ホラー映画ではよく使われる恐怖の演出だ。そしてどんなホラー映画も、最後には必ず解決すると自分に言いきかせた。


次の日、夜勤明けの僕は水を浴び、冷蔵庫に残っていた賞味期限が切れる寸前の、三割引で買った魚肉ソーセージを一本、腹に入れて家を出た。

気持ちの整理をつける間もなく、九号棟の一階にある管理人室のドアの鍵を開け中に入った。机の上の電話で会社に出勤したことを報告する。疑り深い会社からの指示だ。

特殊清掃業者を呼ぶまでもないと言っていたが、やはりアルバイトの人間にやらせる仕事とも思えない。

後であれがない、これはどこにいったとクレームをつけられても責任なんて負えない。ひょっとすると会社はそれが狙いなのか。万事バイトに責任を押しつけ、きっと知らぬ顔を決め込むつもりだ。

そうにちがいない、どこまであくどい会社なんだ。

僕はジャージに着替え、キーボックスにある一〇三号室の鍵を見つめた。キーホルダーにつけられた部屋番号タグの、黄色の明るさが恨めしい。

管理人室を出ると強い日差しが目に痛い。今日も三十五度に迫る気温だ。中庭にむきだした廊下は、建物自体で陰ってはいたのだけれど蒸し暑い。

距離にしてたった二、三十メートルの移動だけで、全身から汗が噴き出た。当然、気持ちを反映して足も重い。

昼間で陽の下なら、一昨日の嫌な雰囲気はないだろうと思っていた。しかし一〇三号室の前に立つと、どことなく異様な空気に鳥肌が立つ。

鍵穴にキーを差し込むと、乾いた音が響いた。ひときわ大きな音がしたように感じ、反射的に隣の一〇四号室に目を遣る。

解錠の音を聞きつけた隣人のお節介が、いまにも飛び出してくるような気がした。遺品整理をしている姿を見られて、噂話のネタにされたくはない。

一呼吸おいてみたが、静まりかえった団地には何の変化もない。

僕は再びドアノブを握り直し、静かに回した。

ドアが開くとむせかえるような熱気と一緒に、線香の匂いが鼻に飛び込んできた。

思わず逃げ出そうとしたが、何とか思い止まった。

ここにはホトケさんはいない。

そう心の中でつぶやき玄関へ入った。すぐマスクと軍手をして、管理人室から持ってきたスリッパに履き替える。

室内は、一昨日と変わるはずもない間取りなのに、初めて訪れる家のように感じる。家具すら僕を拒絶しているように思えてならない張り詰めた静寂の中を、進むしかなかった。

上がってすぐの四畳半のキッチン、中央に古びたテーブルセットがある。

テーブルには椅子が一つ、右の流しの方を向いていた。

椅子の背と壁の間は、人がぎりぎり通れる間隔しかない。

あの夜、この狭い間隙をどこもぶつけずによく通り抜けられたものだ。

椅子の背を押し、テーブルの下へ収めた。そのときテーブルの上の、線香の燃えかすが入った皿の横にあるリモコンが目に入った。

迷わず手を伸ばし、洋室の奥の和室に向けてリモコンのスイッチを入れた。

ややあって、奥の和室に設置してあるエアコンがうなりを上げ始める。

これで、暑さだけはしのげる。

僕はほっと息をついた。なぜか息を止めていた。

キッチンはきれいにかたづけられていた。流しもきれいだ。

自炊していなかったのかと気になって、小振りの冷蔵庫を開いてみた。

冷蔵室には、卵が二個、チーズとタッパーに入った煮物の残り、それにマヨネーズ、ケチャップ、チューブ入りの練りわさびが入っている。その他に何もない。

上の段の冷凍室には、空っぽの製氷皿とラップに包んだ食パンが一切れ白く凍っていた。

自分の冷蔵庫の中を見ているような錯覚を覚えた。冷蔵庫の大きさも大差はない。

僕は一つ咳払いをした。誰もいない部屋に響く。

シンクの下の収納スペースの中を覗《のぞ》く。驚くほどたくさんの缶詰がそこにあった。

缶詰を一缶ずつ取り出す。ほとんどがサケ、サバ、イワシなど魚類の煮物で、二缶だけ牛肉のしぐれ煮というのがあった。

帯屋老人は、これらの缶詰を主におかずとしていたのだろう。

炊飯器はなかったが、米びつには米が入っていた。缶詰の横にある深めの土鍋で飯を炊いていたのかもしれない。煮炊きに使えそうな鍋はそれしか見当たらない。

年金生活者だと聞いていたから、収入をそれほど食費に割けないのではなかったか。

帯屋老人が家賃を滞納したという記録はなかった。おおかたが家賃に回されていたにちがいない。

「老兵はただ去るのみだ……君のいいようにしてくれ。私は何も望まない」

初めて会ったときの帯屋老人の言葉だ。何やかやと愚痴をこぼし、結局煮え切らない高齢者が多い中で、あまりにすんなりこちらの言い分を聞いてくれたので、拍子抜けしたことを覚えている。

その言葉を、単なる強がりだと思っていたが、本当に帯屋老人は何も望まない暮らしをしてきたのかもしれない。

今度は食器棚を見た。一つずつしかない茶碗、丼鉢、木の椀と湯飲み。来客用のものもない。

泥棒でもないのに、忍び足で奥の間へと入る。

線香の匂いと、エアコンから吹き出されるカビ臭さが混ざった風が頬に当たる。

窓を開けて、空気を入れ換えた方がいい。そうすれば、こもった部屋の臭いも消える。

帯屋老人が横たわっていた布団が、発見時のままの状態で敷いてあった。ラジオもそのままの位置にある。

警察官も遺体を運んでいったついでに、布団を片付けておいてくれたらいいのに。

布団を横目で見ながら窓のところまで行き、勢いよくカーテンを開いた。一瞬、目の前が真っ白になった。映画でいえば白飛びという現象だ。

窓を背にして、僕は室内を振り返る。

さっきまで見ていた光景とは、どこか違って見える。こちらの風景の方が、帯屋老人が普段見ている部屋に近いのではないか。

男の一人暮らしにしては片付いている。というよりものが少ない。和室には小振りの書棚、引き出しのついた電話台と電話、そして布団の横に一四型のテレビがあるだけだ。テレビは直接畳の上に置いてあった。枕を挟んで右にテレビ、左にラジオという感じだ。

そのためテレビ画面の位置が低く、帯屋老人はいつも横になってテレビを見ていたことになる。

電話台の引き出しを開けてみた。引き出しは三段で一番上には光熱費や電話代の領収書、二段目には保険証、印鑑と朱肉、三段目には市販の漢方薬と爪切りがしまってあった。

書棚は四段あり、ぎっしり本が詰まっていた。上から二段目までは時代小説、三段目は仏教や哲学関係の堅い本だ。

最下段を見て驚いた。そこにあったのはキネマ旬報という映画専門誌だったからだ。

思わず書棚の前に座り込み、その中の一冊を引っ張り出す。

古くて手のひらから、ばらけて落ちそうなほど劣化していた。古本屋でしか見たことのない古い号で、中を開くと白黒サイレント映画「忠次旅日記」を特集していた。発行年を確認すると昭和二年とあった。

他のものの発行年も戦前だった。ページ数も少なく、紙質も印刷精度も悪かったがどこか迫力がある。いや存在感とでもいうのか、僕はとても魅力的に感じた。

帯屋老人も映画が好きだったのか。

それならもっと、話ができたかもしれない。

雑誌を見ていると、どれも宝の山に見えてきた。これだけ古いものを買い揃えることは困難にちがいないのだ。目の前の雑誌を処分する気にはなれない。

昨日甲山が所持金品引取書がどうのと言っていたから、すでに金目のものは警察が役所に提出しているはずだ。だからこそ、すべてガラクタとして処分するよう僕に命じたのではないか。

もらって帰ってもいいんじゃないのか？　なんせガラクタだ。

急いで管理人室へ戻り、引っ越し用の段ボールを取ってきた。台所で組み立てて、その中へ書棚の〝キネ旬〟を詰め込む。

雑誌の他に、たくさんの新聞記事を貼り付けたスクラップ帳もあった。ぱらぱらと見てみると、映画関係と地域情報のような記事ばかりだ。これも何かの役に立つかもしれないと、とりあえず箱に放り込む。

棚の三分の二ほどを詰め終わったとき、残りの雑誌が倒れてきた。

その時、奇妙な音が聞こえた。

軽い金属音だった。

卒業アルバムを入れるような紙製の箱が倒れた拍子に音がしたはずだ。しかし金属など入っているものに見えない。

訝りながら箱を手にし、ゆっくりと開いてみた。

中にあったのは8ミリフィルムだった。取り出してみると現像済みのリールで、相当古そうだ。

箱の奥には、菓子などに付いているシリカゲルが入れられていた。8ミリフィルムが湿気に弱いことを撮影機器の入門書で知っていた。帯屋老人はフィルムの扱いに慣れていたということか。

この8ミリは、帯屋老人が撮ったものなのだろうか。

まさか。

髪がなく深いシワが刻まれた額、ギョロ目でイチゴ鼻の帯屋老人の顔を思い出した。8ミリカメラを回している姿は想像できない。

これには何が映っているのだろう。

こわごわフィルムを引き出し、窓からの光にかざした。モノクロでよく分からないが、どこかの風景のようだ。

さらにコマを追っていくと、マイラー・テープと呼ばれるもので接合した跡があった。撮ったテープの不要なコマをカットしたり、またつないだりという編集を施しているのだ。

部屋を見回し、カメラや映写機や編集機材を探した。けれど、それらしきものは見当たらない。

すぐさま立ち上がって、押し入れを開いた。

下段にあった段ボール箱を迷わず引っ張り出した。興奮気味に箱を開くと、やはりそこに目当てのものがあった。

重厚で黒く四角いケースに見えるが、これは間違いなく「フジカスコープ」という映写機だ。

その横には、カメラの「フジカシングル8」、さらにその下には編集機のテープ・スプライサーがあった。入門書の歴史の章に紹介されていたものばかりだ。

思わず声を上げそうになったのは、箱の後ろに隠れていたものを見たときだ。

そこにはフィルムを編集するために、一コマずつ拡大して確認することができるビュワーという機材があった。

これらが帯屋老人のものなら、彼は本格的な8ミリフィルムの編集作業をしていたことになる。

手作りのピンホールカメラを、勉強のじゃまだと母に捨てられてから、ずっと憧れ続けた。僕はそれらの機器も欲しくなってきた。

どうせ明日には粗大ゴミになる、宝物が捨てられるのを見るのはもうごめんだと言い聞かせ押し入れからすべての荷物を取り出す。

舞い上がった気持ちを深呼吸で静め、キネマ旬報のバックナンバーとフィルム、カメラや映写機などの入った段ボール箱を管理人室へ運んだ。

何をしている人なんだ？

帯屋老人に少なからず興味を持ち始めた。他人のことが気になったことなど、いままでなかった。

気になったが、空想に浸ってる暇はない。

言われた通り遺品のリストを作るため、再び一〇三号室に戻ると、中年の女性がドアの前に立って、半開きの部屋の中を窺っていた。

親戚か近所の人間か。それとも段ボールを運ぶところを見られてしまったのか。

声をかけようかと迷っていると、女性はこっちを向いた。

「すみません」と女性が声を発した。

五十がらみの女性は小柄でショートヘア、ふっくらとした顔立ちをしていて優しい声だった。上品な赤縁の眼鏡が印象的で、小学校の先生を思わせる。

「はい」声がひっくり返った。

女性はお辞儀をして、「私は、NPO法人の兼松《かねまつ》という者です」と言って名刺を差し出した。

そこにはNPO法人〈千里介護センター・声かけ隊〉の兼松豊子《とよこ》とあった。

「はあ」

「民生委員の方と連携しながら、独居の高齢者の方を見守っているんですが、帯屋さんはほんとうに？」涙目で訊いてきた。

亡くなったことは知っているようだ。

「ええ、見つけたのは二日前です」自分が発見したことを彼女に伝えた。

兼松はさらに沈痛な面持ちになった。

「そうだったんですか。私が帯屋さんに初めて声をおかけしたのが一年ほど前で、最後は一週間前です。そのときはお元気だったのに。原因は何でしたの」とうとう兼松は、手にしたハンカチで目頭を押さえた。

母に近い年齢の女性に、目の前で泣かれるとどことなく胸が痛む。

「脳溢血だと聞いてます」彼女の真っ赤に充血した目に言った。

「そうですか。お一人で……」兼松は大きくうなずき、「ご葬儀とかはどうされるんですか」と尋ねてきた。

「まだ、行われてません。実は引き取り手がなかったもんですから」と言ったものの、僕が申し訳なく思う必要はない。

「ご遺体は？」彼女は質問するたび、眉をひそめる。

兼松は本当に優しい人なのだろう。

甲山から聞いたことをほぼそのまま兼松に話した。

「やっぱり、そうなりますわね」兼松が、うなだれながら漏らした。

彼女の口ぶりで、この手の話は僕よりも詳しいことが分かる。

「すみません、お手間を取らせたみたいで」丁寧に頭を下げて兼松は僕の横を通って、立ち去ろうとした。

兼松なら、帯屋老人が何者だったのかを知っているかもしれない。

「あの」兼松の背中に声をかけた。「帯屋さんって、どんな方だったんですか」

廊下に響く声に驚いたのは、彼女よりもむしろ僕自身だった。

4

「お仕事の邪魔にならないかしら」そう言って兼松は帯屋の部屋へ入ると、まず誰が用意したのか分からない線香皿に線香を供えた。

「いえ、業者がくるまでに整理できればいいので、まだ時間はあります」上がり口の床にあぐらをかいた。

兼松は一脚しかない椅子に腰掛ける。

「あなたのお名前は？」手を揃えて膝の上に置き、兼松は訊いてきた。

「僕は門川って言います。管理業務をしてたんですけど、あまり帯屋さんのこと知らないもので」

「あなた、ひょっとしてアルバイト？」

やはり学校の先生に話を聞かれている感じだ。

「いや、そうでは」言い淀んだ。

刑事の前では強調したが、アルバイトであることを公言してはならないことになっている。

「隠さなくてもいいのよ」兼松は自分にも大学生の娘がいて、授業よりもアルバイトに精を出しているから分かる、と付け加えて微笑んだ。

「そうです、バイトです」白状した。

「やっぱり」兼松は、腫らした目尻を下げた。「どうして帯屋さんのことを？」そう訊きながら、兼松はまたハンカチを目に当てる。

他人のために、そんなに泣けるものなのか。

「整理をしていて、古い映画の本があったんです」自分も映画が好きだから、気になったと答えた。

そう言った自身の言葉で、自分が兼松を引き留めた理由に気づいた。じつのところ、反射的に呼び止めていたのだった。

「ああ映画ね」兼松は大きくうなずき、続けた。「帯屋さんって本当に何も話さない人なの。私が声をかけにきても、生きてるから心配しないでください、としか言わない。この地域の担当になってもう三年になるんだけど、いつも同じ。でも、いつだったか京都にある大河内《おおこうち》山荘《さんそう》の話をしたら、帯屋さん眼の色が変わってね」

「大河内山荘って、あの俳優の」

「そう、大河内傳次郎《でんじろう》さんの別荘だったところ。さすが映画好きね。うちの美結《みゆ》なんて、あ娘の名前ですけど、大河内傳次郎って言ってもチンプンカンプンだったわよ」

女子大生なら、それが普通だろう。

「僕も話に聞いているだけで、行ったことはないんですけど」

「丹下左膳餘話 百萬兩の壺」のビデオを観たことがあった。印象として、もの凄く腕が立つチャンバラヒーローとしての丹下左膳ではなく、ユーモラスで人間味あふれるキャラクターだったことに面食らった。

昭和十年の作品だが、古さを感じさせない娯楽作品だ。もちろん丹下左膳のウリである片腕での立ち回りは、大河内傳次郎の身体能力の高さを物語り、目を見張った。

その傳次郎がプロデュースした別荘が、京都嵐山にある大河内山荘だ。

「帯屋さん、大河内山荘はいいですね、とおっしゃって。丹下左膳の載っている雑誌を見せてくださったの」兼松が奥を見遣る。

ドキッとした。明らかにキネマ旬報のことだ。すでに箱に移し、がらんどうになっている。

「帯屋さんも、かなり映画がお好きだったんですね」こちらに振り向かせるために、声を出した。

兼松は僕の方へ顔を向けた。

「好きなんてもんじゃなかったわね。子供の頃、田舎には何もなかったから、夏祭りにやってくる無声映画が楽しみだったって。五、六歳からずっと映画の世界に憧れてらして。で、とうとう映写技師になったんだそうですよ」

「映写技師ですか」

やはり映画関係の仕事をしていた。そして仕事で映写技師をしながら、プライベートで8ミリカメラを回していたということか。

あのフィルムは、帯屋老人が撮ったものに間違いない。

「帯屋さんの言葉を借りれば、骨の髄まで〝虚実皮膜〟に生きてきたんだ、と言うくらいのめり込んでいらしたみたい……」言い終わらないうちに兼松は嗚咽した。

「……そうだったんですか」

彼女の嗚咽が収まるまで、僕は黙っていた。

その間、キョジツヒマクという言葉の意味を考えていた。しかし何のことか分からなかった。

「ごめんなさいね。つい思い出しちゃって」

「親戚の話とかはされなかったですか。後で遺品を受け取りにくるなんてことがあるかもしれないと、上司に言われてるんです」と訊きながら、甲山の話を思い出しやっぱり荷物を返さないといけないかもしれないと考えていた。

兼松は少し間を置いてから口を開いた。「奥さんがいらしたけど、遠い昔に離婚されてるから」

「奥さんがいたんですか。連絡は」いくら離婚しているとはいえ、亡くなったことを奥さんに知らせなくてもいいのだろうか。

「それは必要ないわね。もう身内じゃないから」兼松は夫婦も元は他人だから、別れてしまえば関係はなくなると言った。

「そうですか……」どこか寂しいと感じた。同時に結婚というものが、他人を背負い込む面倒な制度に思えた。

「それに奥さんといってもね……」

かすかだが、兼松の表情が曇るのが分かった。

「まずいこと訊いちゃいました？」極度に人づきあいが苦手な僕にしては、立ち入り過ぎだ。なぜだろう、いままでの自分と随分異なることをしている。

「そういうことではないんです」と言ってから兼松は考え込むそぶりを見せた。そして意を決したように話す。

「確か十八歳で兵隊に志願されてね。……私もよく知らなかったことなんだけど、戦争中に出征前に祝言だけ挙げるっていうことがあったそうなの」

「映画で見たことがあります。式だけ挙げて、すぐ戦地に赴きそのまま戦死したというシーンがありました」

それなら結婚しない方がいいじゃないか、とその時は思った。男尊女卑も甚だしいと。

「それが映画の中の話ではなく、事実、帯屋さんの身の上で起こったの。奥さんが可哀想」

「そうですよね、急に結婚させられる女性の身になれば。帯屋さんは生きて戻ってきたのに離婚したんですか」

身勝手にもほどがあるじゃないか。

「そうね。無茶苦茶な話だわ。せっかく故郷に戻ってきたのに半年ぐらいで離婚したみたい。理由はおっしゃいませんでした。何か深い事情があるんでしょうね」それ以上は訊かなかったと兼松は言った。さらに、訊いても答えなかったでしょう、と付け加えた。

「これでも、私にはよく話してくれた方だって、民生委員の方が言ってたわ。その方には個人的なことなんて何も話さなかったみたいですからね。うちの他のスタッフも、とにかく無口で話すことがなくて困るって毛嫌いしている人だっていたもの」

「映画の話で、打ち解けたんですよね、きっと」

ますます彼の撮った映像が気になり出した。観たくて仕方なくなってきた。

「私、帯屋さんを見てて思うことがあったの」何かを思い出した兼松が、言葉を投げかけてきた。

「思うこと？」

「思い込みかもしれないけれどね。でも、たくさんのお年寄りを見てきて、帯屋さんはどこかが違うと感じたの。何がどうというのではなく、ずっとお一人で暮らしてこられたんだけど、まったく寂しそうに見えなかった。孤独なのを、可哀想だとは思わなかったの。こんなことというと、私が冷たい人間だと思うでしょうね。けっしてそんなことないのよ」兼松は、何度も首を捻りながら、何かを伝えようとしている。けれど自分で納得のいく言葉が見つからないようだった。

しばらく黙り、再び兼松が口を開いた。

「変なこと言って、何だか混乱しちゃって、ごめんさい」兼松が目を閉じ謝った。自分の思いが伝えられなくて歯がゆそうだ。

「いいえ、気にしないでください」彼女の様子を見ている僕の方も、心の中で何かがくすぶる。

「とにかく、しっかりしてらしたことは間違いないです。とくに男性で独り暮らしの方特有の、わびしさだって感じませんでしたもの」兼松は腕時計をちらっと見て、約束があるのでと椅子から立ち上がった。

玄関でもう一度礼を言って、廊下の外まで兼松を見送った。

その後、帯屋老人の人となりが分かるものはないかと、手紙やはがき類を探した。しかしそんなものは一切なかった。年賀状すら一枚も見当たらない。

警察が肉親への連絡をとるために持っていったのかもしれない。いや、それならきっと連絡を取ったはずだ。その上で遺体の引き取り手がなかったのなら、やはり天涯孤独ということなのか。

そうでなければ、ますます僕と似てくる。

僕は自分から、友人を作らなかった。いや他人とかかわることが煩わしかったのだ。だから手紙も年賀状も交わす相手はいない。

帯屋老人も僕と同じようにして生きてきたのだろうか。

そう思うと、年老いたときの自分の姿が頭に浮かんだ。

僕も孤独死？　馬鹿な、まだ二十九歳なんだ。

想像を振り払い、整理品リストを作りそれを甲山にファクスした。

もちろん失敬した雑誌やスクラップ、映写機器はリストに記していない。端から彼の部屋にはなかったものとした。

午後三時半、産業廃棄物業者がやってきて一〇三号室の荷物を持ち去った。

僕は、甲山から言いつけられた九号棟全戸へ配布するお知らせを作成して配る。

お知らせには、帯屋老人が亡くなったことと、それに伴うメンテナンス業務が終了したこと、転居先の一つである高齢者マンションの宣伝を入れた。

できる限り手渡しして高齢者の不安をかき立て、転居を促すようにという会社からの指示は無視して、新聞受けに放り込んで回った。

一段落して管理人室でインスタントコーヒーを飲んでいると、市役所の女性職員から電話があった。

「一〇三号室にお住まいでした帯屋史朗さんのことですが、ご遺体は警察指定病院で保存されています。また警察から受け取った貴重品は一旦うちの課で保管します。もし、そちらに帯屋さんの関係者がお見えになりましたら、その旨をお伝えいただきたいんです」と丁寧に言った。

「関係者は、すでに探されたんですよね」僕は確かめた。

行政が探して出てこない人間が、いまさら自主的に訪ねてくるとは思えない。

「探すと言いましても、戸籍から該当者を当たるか、官報で告知するぐらいですから」話し方だけは申し訳なさそうに女性は言う。

「帯屋さんの戸籍をみても、身内の方は分からないんですか」

戸籍なんて、こんなときにこそ役立たせるものではないのか。

「そうですね、本籍地を吹田市に変更される前は、秋田県の方にありまして、お身内の方はおられましたけれども」

「秋田県ですか」

「ええ、でももう廃村ということになっていますけど」それ以上は守秘義務があるので言えないと言った。

無声映画を観たという子供の頃は、秋田県に住んでいたのだろうか。そのときの感動が、帯屋老人を映写技師の道へと進ませたということか。

「あの、随分昔に、離婚されたと聞いたんですけど」

「ええ、まあ」

生返事だ。

「本当に他に身内は誰もいないんですか」

「ええ、その後再婚もされてませんし、お姉さんとお兄さんがあったそうですが、お兄さんとは連絡がつかず、お姉さんはすでに亡くなられてます。甥御、姪御さんはおられましたが、遺体引取は拒否されました。ご親戚とは音信も絶っておられたようで」

その甥、姪にここの住所を伝えてあるのだと言った。早い話が、ここにやってくるとすれば、その二人ぐらいしかいないということだ。

「そちらのアパートでは、孤独死が相次いでますね」役所の女性は急に厳しい声を出した。

「と言われても……」僕の責任ではない。

「マンションなどの自治会の方にお願いがあります」

それは「安否確認用住所台帳」を作成してほしいというものだった。ここは自治会はなく、その役割をライフメンテが請け負っていると答えた。

「そうですか。では、よろしくお願いします」

管理人なら、この機会にきちんとした体制を整えろ、と言いたげな口調だった。

「上司と相談して、対処します」クレーム処理のマニュアルに載っている言葉を使った。実際これ以上何を言われても、僕にはどうしようもない。

電話を切ると、役所から「安否確認用住所台帳」の申し入れのお願いがあったことを甲山にメールしておいた。いま彼の軽薄な笑い声を聞く気になれない。

僕は終業時間がくるのを待って、タクシーを使い段ボール二個を家に持ち帰った。

5

家に帰ると、すぐに段ボールを開いた。幸い今晩は警備の仕事が休みだ。高校時代読んでいた撮影機器の専門書も、傍らに用意してある。

ずんぐりしたアタッシュケースのような形の映写機を取り出すと、片側のふたをゆっくり外す。銀色のランプハウス・レンズ部が現れた。

フィルムを送るアームを上へ起こすとすぐにリールをセットしてみたくなる。狭い部屋を見渡し、スクリーンになるようなものを探した。壁は、隙間なくいろいろなもので埋まっている。せめてカーテンでも白っぽければよかったのだけれど、あいにく茶色で薄汚れている。これでは映写スクリーンに適さない。

ベッドからシーツを引っぱがして、四隅を洗濯ばさみでカーテンに留める。案外立派なスクリーンとなった。

リールをセットする前にアダプターをコンセントに差し込み、スイッチを入れてみた。

パイロットランプが点灯する。モーターも健在のようで、スプロケットというフィルムを送るローラーが回転し始めた。

ちゃんと動く。

僕は声を上げそうになった。

たかが映写機なのだが、ここまで古いものを実際に見るのは初めてだ。しかもこの骨董品は、もう自分のものだ。

うれしさが込み上げた。そしてフィルムに何が映っているのかという興味で、身震いした。

甲山から余分に渡されていた軍手をして、リールを取り出した。フィルムにはできるだけ指紋が付着しない方がいい。

逸る気持ちを抑えながら、サイドのふたを開き、慎重にリールをアームにセットする。

緊張しながら、フィルムをスプロケットを縫うように通して、巻き取りローラーの爪に引っかけた。

たるみや、よじれなどがないか確かめて部屋の電気を消す。

心地よいモーター音がして、シーツに映像が映し出された。僕は息を飲んでスクリーンを見る。

うっそうとした森林の小道が続く。その樹木のトンネルの中をカメラは進んでいった。

緩やかな勾配を上っているのが、時折映し出される地面の様子で分かる。どうやらカメラが追っているのは、二本の細い轍《わだち》のようだ。

突如、視界が広くなった。けれども高原というほどでもない。見晴らしもそれほどよくない場所に出た。

すると十メートルほど前方に何か覆うシートが見え、その下から二つの車輪が覗いている。

荷台?

カメラが追っていたのはリヤカーだ。

撮影者はリヤカーに追いつき、それを引く人間に並ぼうとしている。

前傾姿勢で車を引いているのは女性だった。

顔は布で頬被りしていてよく見えない。画面が小刻みに揺れながら女性と平行して歩くと、突如彼女がこちらを見た。

あまり突然に振り向いたので、見ているこっちが驚いた。女性は、四十代だろうか。大きな口を開けて笑いかける。瓜実顔で、鼻筋が通り八重歯が印象的だ。

分厚い唇が激しく動き、カメラに向かい何かを言っている。

残念ながら何を言っているのかは、サイレントなので分からない。大笑いをしている割には口元に照れくささが残っている感じだ。

僕より年が離れているが、その女性を可愛いと感じた。

誰なんだろう。

別れた奥さんではないだろう。終戦後、帯屋老人が十九か二十歳の頃に離婚しているのだから、奥さんだって十代だったはずだ。この女性の年齢に達するまで、別れた奥さんと付き合いがあったというのも不自然な気がする。

顔立ちはそれなりに整っているけれど、見た感じ化粧気もなく女優とも思えない。逆にそれが演技だとすれば、女優の上手い演技にすっかり騙されていることになる。

映像はしばらく彼女と伴走し、九十九折《つづらお》りの坂を上っていく。女性は口で息をし始め、額から汗が噴き出してきていた。

無声なのに、あえぎ声が聞こえてきそうだ。見ている僕も過呼吸に陥りそうになるぐらい、真に迫っていた。

木々の枝が、リヤカーの側面をざらざらと撫でるような隘路《あいろ》から、少し広い道に出た。そこは階段でいえば踊り場のような場所だった。

女性は、そこにリヤカーを停車させた。

休憩だろう。車止めを車輪に噛ますと頬被りを取り、大きな手ぬぐいで顔の汗を拭いながら、路傍の木の根に腰掛けた。

またカメラへ言葉をかけてきた。

大丈夫？　唇の動きでそう言ったのが分かった。

撮影者、つまり帯屋老人、いやこのときは老人ではない帯屋のことを気遣ったということか。確かにカメラを回しながら、九十九折りを登るのも大変だろうが、女性の方が遙かに重労働ではないのか。

おもむろに女性が、何かを差し出した。

平べったく細長いものだ。色はモノクロだから灰色に見える。

何だろう？

美味しいか、と女性が訊き彼女もそれを齧った。食べ物だったのか。

そのままアングルが上へ移り、空が映された。

上手いカット・アウェイ、中断の仕方だ。

空からゆっくりカメラが下がると、リヤカーの女性が、一人の老婆とにこやかに話している場面だ。

背景には古い社の屋根が映っている。ちらっとしか映らないが、壁に掛かった額には幾何学的文様が描かれていた。その得体の知れない模様がいっそう神秘的な雰囲気を醸し出している。

女性は神社の境内でものを売っているのか。

リヤカーから醬油の瓶や紙袋を老婆に手渡した。袋をよく見ると小麦粉と読めた。

しかし女性にお金を受け取る気配はない。笑いながら腰にぶら下げた分厚いメモ帳を取り出し、そこに何かを記す。

アニメのサザエさんに登場する三河屋さんが、磯野家へ御用聞きにきたとき使う帳面のようだ。付けで支払うシステムなのだ。

今度は発泡スチロールの箱から、ビニール袋に入った魚を取り出した。さらに洗濯石けんや歯ブラシなどの日用品も売っている。まるで移動式のコンビニといったところだ。

別の年寄りが画面のフレームに現れる。さらに一人、二人とお客は増えていった。

言葉を交わしてみんな笑い合う。その屈託のない笑顔が生き生きしている。

カメラは一旦社の内部をさっとなめて、リヤカーのコンビニをロングショットでとらえフェイドアウトで終わった。

アングルによっては、逆光になることもあった。かなり日差しが強いのか、ハレーションを起こしていたが、それをうまく味に変えている。

カットを多用せず、回しっ放しのカメラが被写体の周りを回るため、光のコントラストによって躍動感が生まれていた。

フィルムはこの物売りの女性を中心としたドキュメンタリーのようだった。彼女はリヤカーを引いて山奥にまで分け入り、小さな社の前でものを売るのだ。

ただそれだけの、ストーリーのない映像に、気づくと身を乗り出していた。食い入るように見つめて、あたかも山間の物売りの現場、あの社の前にでもいるような錯覚さえ覚えた。テープの古さ、モノクロ映像で無声なのも気にならず、スクリーンがシーツであることもすっかり忘れていた。

静かで、これといって演出のない映像がとても新鮮に思えてならなかった。

考えてみれば、僕の周りには音が溢れかえっている。映像も加工されたものが増え、コンピュータグラフィックスのないものを探すのが困難なぐらいだ。

だから、帯屋の撮ったものに懐かしさを感じ、いつしか夢中になったのだろうか。それともこの作品には、何か別の魅力が隠されているのだろうか。

自分では目の肥えた方だと思っている。だから流行の映画を観ても、何かしら不満を抱いていた。理屈だけは、評論家並みにこねることができる嫌な鑑賞者だ。そんな僕が、実に素直な目で映像を観ていた。

そして二十分の映像を見終わり、大きくため息をついた。

なぜだ、なぜ話していることが分かるんだ。聞こえないはずの言葉や音がどうして観ている人間に伝わってくるんだ。

僕はアキ・カウリスマキ監督の「白い花びら」を思い出した。サイレントでモノクロ作品なのに、なぜか鮮明に色つきのシーンが記憶に残っている。

田舎の幸せな夫婦の前に突然現れた都会の伊達男が、妻を誘惑する。凡庸な夫、平凡な暮らしに物足りなさを感じていた妻は、まんまと伊達男の軍門にくだる。

ストーリーとしては、この監督の作品の中でもっとも悲惨な結末を迎えるのだけれど、その男と妻とが結ばれるシーンは切なく美しい。

村はずれの川縁、流れる白い花びら——風景の色彩はおろか、水音さえ聞こえてきた。

音に関していえば、「チェンジリング」という映画を見終わったとき、〝母の動悸〟を感じたことがあった。

この映画はクリント・イーストウッドが監督を務め、アンジェリーナ・ジョリーが主演で、一九二八年のロサンゼルスで実際にあった事件をモデルにしたサスペンス作品だ。

ある日突然、我が息子が行方不明になったが、警察の尽力によって発見される。しかしその子は自分の子供ではなかった。

母親は実の子を探すように訴えるのだが、それを精神的ショックによっておかしくなったための主張だと断じる。挙げ句の果てに母親は精神科病棟へと送り込まれるのだ。

腐敗した警察が体面を保とうと画策する中で、本当の息子は連続殺人に巻き込まれていたのである。

〝母の動悸〟はアンジェリーナ・ジョリーが実際の母親になりきり、不安と焦りで心拍数が上がっているのが画面を通して伝わってきたのにちがいない、と思った。

あれも実際にはない音だった。

そんな映像、だれにでも撮れるというものではない。

なぜだ、なぜ、それらの映画と同じような映像が、帯屋老人に撮れたのか。

その秘密は何なのだろう。

秋田から出てきて、どこでどう過ごし、大阪のあのアパートにたどり着いたのか。六十四年前に離婚したきり、ずっとひとりで生きてきたのだろうか。

そして帯屋老人は、なぜ孤独死するに至ったのだろう。

僕はドキュメンタリーとして帯屋老人を追ってみたいと思い始めていた。

心に何かが漲《みなぎ》ってくる。

映画が作りたい、監督になるんだと思ってきたが、心のどこかに無理だという気持ちがいつもはびこっていた。

それがいま消えかけている。理屈じゃない。帯屋老人の8ミリフィルムのような映像が撮りたい。心の底から、映画を作りたいと思った。

元映写技師の残した映像と孤独死をテーマにしたドキュメンタリー。

ドキュメンタリー映画は地味だが、十三年前に河瀬直美監督が「萌の朱雀」というドキュメンタッチのドラマを撮り、カンヌ国際映画祭でカメラ・ドールを受賞したこともある。

当時はまだ高校生だったから、監督の主張をすべて理解したとは言えなかったけれど、山間の村に生きる家族の心情は心に残った。

感動という点では「小三治」「ジプシー・キャラバン」「フレディ・マーキュリー 人生と歌を愛した男」など芸術に人生を賭けた人のノンフィクション映画も、フィクション映画に引けを取らなかった。

いいものならば、必ず話題になるはずだ。それはフィクションよりも顕著かもしれない。元々フィクション映画の過剰な演出が好きではなかった。自分では気づかなかったが、ドキュメンタリー映画の監督の方が向いている可能性がある。

帯屋老人という被写体は、僕にとって鉱脈だったのかもしれない。いや、鉱脈にするのは僕自身だ。その資格は彼の遺体を発見したことだけでも、充分あるはずだ。このチャンスを絶対にものにしなければ、後がない。

やるしかない。

これほど本気にさせた映像はいままでなかった。そしてもう手遅れだが、帯屋老人に会いたいと思った。会って、話がしたい。

そんな気持ちで僕は、持ち帰った段ボール箱の中を見た。時間を忘れて中身を漁ったのだった。

朝方、キネマ旬報に挟むようにしてあった古い大学ノートを見つけた。大事そうに残されていたものだから、重要なことが記されているのでないかと期待した。

ところが中を開くと、全体の三分の二のページが破り取られている。残ったページには、万年筆でこんな文章が書かれていた。

『トコズンドコ
深度十五メートル想いを抱いて、
消えたあいつの魂いづこ
必ず生かすぞ生かします
可愛いあの子に会える日まで
和美、許してくれ。私はもう、君のかぶとの中での主張は、このまま飲み込むつもりだ』

これは何なんだ？

トコズンドコのズンドコというのは「きよしのズンドコ節」のようなものなのか。ならば、これは歌詞だということになる。

「深度十五メートル想いを抱いて」とはどういう意味なんだろう。可愛いあの子っていうのは恋人のことだろう。すると恋人の名前が和美で、その女性に謝っているということか。

和美は、帯屋の恋人なのだろうか？

その和美が、かぶとの中で何かを主張した。かぶとというのは甲冑のことだろうか。

女性が鎧を身につけた？

さっぱり分からない。

かぶときいて、横溝正史原作の映画「獄門島」に出てきた松尾芭蕉の俳句「むざんやな冑の下のきりぎりす」を思い浮かべた。あれは確か寺の釣鐘のことだった。そうか、かぶとと言っても何も甲冑だけを指すのではないのかもしれない。しかし、それが何なのか想像もつかない。

言葉の意味を考えるのをやめてページをめくった。

その後は、何も書かれていない。

そうなると破かれた三分の二の方に、帯屋を知る情報があるような気がしてくる。僕は欠損した部分を眺めた。

気持ちを入れ替えて、さらにページを繰ると、名前と住所を書いた何かの名簿になっていた。手製の住所録といったところだ。

和美の名を探してみた。けれど、そんな名前は見当たらない。

ノートをもう一度見回した。この和美への謝罪を記してからどれくらい経っているのか観察した。

角はめくれ、そこらじゅう折れたり、しわになっているページもあるが、紙の色を見るとそれほど古いと思えない。

もう一度名簿欄に戻った。記載されている名前と連絡先は全部で十七件だ。

それでも、友人などいない僕からすれば数は多い。

僕の場合は、自分から人間関係を断ち切ってきた。とにかく誰も信用できないし、必要以上に私生活に踏み入られたくなかったのだ。それで不便を感じたこともないし、寂しいと思ったこともない。

兼松が、帯屋老人に対して感じた「孤独なのを可哀想だとは思わなかった」というのは、彼も自らの意志で人間関係を切っていったからではないのか。もしそうなら僕は彼の考え方に近いと思った。しかし帯屋老人には、十七人もの連絡を取り合う人間がいた。

いまここで、彼と孤独の度合いを競っても仕方がない。ともかく管理人という立場を最大限利用して、帯屋のことを調べてみよう。

帯屋の人生を最期からさかのぼれば、彼の映像の秘密が分かるかもしれない。それは撮る人間の人生が、映像にはにじみ出ると思っているからだ。

同じ被写体、同じ機材を使っても、見る人間に与える感動はまったく異なるものだ。でなければ、写真家に優劣がつくはずがないと思う。違いは、人生経験か、もしくはものに対する考え方にあるのではないか。

帯屋老人からそれを学び取り、ドキュメンタリーの中に反映させることができれば深みもでる。

とっかかりとして、定年までいた会社にあたってみるのはどうか。

いつものように管理人室のタイムカードを押すと、早速調査を開始した。

管理人室に保管されている賃貸契約書には、帯屋の勤め先は阪急十三《じゅうそう》の〈あさひ館〉とあった。その映画館が、すでになくなっていることを知っていた。

僕は連帯保証人の欄を見た。そこに長塚忠夫《ながつかただお》、勤務先は東和映像株式会社と書いてある。東和映像は映画配給会社の中堅どころだ。

だが長塚が、いまも東和に勤めているとは考えにくい。帯屋が八十四歳だったのだから、昭和四十二年に入居したときは四十一歳。その保証人が二十歳以上も年下であることはまずないといっていいだろう。とっくに定年退職しているにちがいない。

会社に訪ねていっても、どうしようもないか。

待てよ、長塚という名前をどこかで目にしたような気がした。すぐに帯屋老人のノートを確かめると、やはりそこに長塚の名があった。

彼の住所は大阪府高槻市で、それほど遠くではない。しかし現在もここに住んでいるかどうかは分からない。

ダメ元で、電話をしてみることにした。

電話口には女性が出た。そこは確かに長塚の家で、忠夫もそこに住んでいるとのことだった。

僕は興奮を抑え、ニュー千里アパートの管理をしている者であることを告げた。そして忠夫が保証人になっている帯屋老人が亡くなったことを伝えた。

「つきましては、帯屋さんのことで長塚忠夫さんにお訊きしたいことがあるんですが」と言うと女性は、慌てて長塚を呼びに行った。

「帯屋が……それは本当か」と電話口に出た長塚の声は、呻き声に似ていた。

「残念ですが」帯屋老人が孤独死であったこと、遺体の引き取り手がなかったことを説明した。

話を聞いている間、気配が感じられないほど長塚は押し黙っていた。

「もしもし」沈黙が不安になり声をかけた。

「あ、いや……。そうか、独りで逝ったか」ようやく言葉を発した長塚は、幾分落ち着きを取り戻している様子だった。

「それで、遺品に関して聞きたいことがあるんですけれど」そんな口実を使った。

「…………」さらに長い沈黙の後、彼の口から高槻駅前の喫茶店〈ブラウン〉という名前が出た。そこは長塚の行きつけの店で、十分ほどなら会ってもいいと言うのだ。

「ありがとうございます。いつがいいでしょうか」

「今日でもかまいません。あなたの都合が五時でもよければ、私がいつも座る場所はどこか、マスターに尋ねれば分かるようにしておくので」

長塚は決断が早く、口調に隙がないように感じた。

「それでは本日の五時、ブラウンに伺います」

これほど上手く話が聞けるとは思っていなかった僕は、礼を言って電話を切った。

廊下の蛍光灯の取り替えや犬の糞の始末、回覧板の作成など日頃の管理業務を早々に済ませ、四時過ぎに管理人室を出た。少しのあいだ管理人室が無人となるが、かかってきた電話は、会社から持たされた携帯電話に転送されるから何とかなる。僕は少しでも早く高槻駅に行きたかった。

指定された〈ブラウン〉はすぐに分かった。細身でギョロ目のマスターに、長塚のいつも座る場所を尋ねる。するとマスターが表情を変えず、窓際のテーブルを顎で指した。そこには、白髪で銀縁の眼鏡をかけた大柄の爺さんが背筋を伸ばして座っていた。本陣で戦況を見極める武将のように、杖の頭に両手を添えて目をつぶっている。頑固親父の典型のような風貌だ。

おそるおそるテーブルに近づき、「帯屋さんのことでお電話しました、門川と申します」と声をかけた。

自分の体重のほとんどが、踵にかかっているのが分かった。本当のへっぴり腰というのはこういう格好なのだろう。

「どうぞ」そう言って長塚が目を開けた。

頑固そうなのは顔だけではなかった。実際に会って聞く彼の声は、電話のものよりも重厚といえばいいのか、迫力があった。

帯屋老人と変わらない年齢であるにもかかわらず、首から肩にかけての張りは僕をしのいでいた。椅子に座っているから分からないが、上背は一七五センチの僕より高いだろう。逃げ出したくなるような威圧感があった。

「失礼します」バイトの面接官にさえしたことのない丁寧なお辞儀をして、静かに椅子に座った。

「若い管理人だね」長塚が鋭いというよりもにらみつけるような目を向けた。

「実は、契約社員なんです」

長塚の前では、アルバイトだと言える雰囲気ではなかった。

「なるほど。このたびは帯屋くんがご迷惑をかけました」長塚は再び目を閉じ、頭を下げた。

「そんな、僕は何もしてないです」恐縮して両手で否定した。

「いや、精神的な負担をかけてしまったはずだ」

「そんな……。僕は大丈夫です」と言って、運ばれてきた水を口にした。

長塚が何か飲み物を注文するように促したので、アイスコーヒーを頼んだ。その様子を見届けて、長塚が切り出す。

「彼の遺品に関する話というのは？」

「遺品と言っていいのか分からないのですが、こんなものが残されてまして」鞄から帯屋の大学ノートを出して、テーブルの上に置いた。

「拝見するよ」と言いながら長塚はノートに手を伸ばした。おもむろにごっつい手のひらに載せ、太い指で中を開く。

「前半が破り取られているんです」破れた部分を気にしている様子の長塚に言った。

「うん、無残に破かれているね」長塚はうなずきながら、破れたページの縁を撫でる。

「そうなんです。その次のページに歌詞みたいなものがあるんです」次のページを見てもらおうと指で促した。

「うっ……」長塚の手が止まり、眉の両端がつり上がった。

「そこに和美という名前が出てきてます」彼の表情の変化は気になったが、かまわず話を続けた。

「……………」長塚は黙ったままノートを凝視している。

「帯屋さんが亡くなったことを、お知らせした方がいいかなと思いまして」

僕が話している途中で、長塚はノートを閉じた。

「誰にだ?」低い声だった。

「その、和美さんにです」つぶやくように言った。

彼の目は、閉じたノートを見つめたまま動かない。

「あの、どうされたんです」彼の態度は明らかに妙だ。

長塚の眉間に深いしわができた。

「もし、和美さんをご存じなら」と言いかけた。

その言葉を遮るかのように、「知らん」と長塚は言った。

「そう、ですか……」彼の険しい顔に気圧されそれ以上何も言えない。

そのときアイスコーヒーが運ばれてきた。マスターがテーブルにグラスを置いて立ち去るとすぐ、「門川さん」と長塚が改まった声を出した。

「はい」息を飲んだ。

長塚がゆっくりとノートをテーブルに戻す。

「帯屋くんが『このまま飲み込むつもりだ』と書いているね」彼がノートの表紙に指を置いた。

「ええ」息が漏れるような返事だ。

「なら、詮索はしない方がいいのではないか」いっそう低い声で言った。

その眼光が、ぞっとするほど鋭かった。

「そうかもしれないです、いやそうですね」声がうわずった。

「飲み込むという意味、分かるか」長塚が訊いた。

「胸にしまい込むということでしょうか」

「我々の世代の人間にとっては、墓場まで持っていくという意味だ」

「墓場まで……」

死ぬまで言わない、ということか。いや、墓場だから、死んでも言わないという意味になるのだろう。

「そういうことだ。だからこれも焼いてしまった方がいい。あなたができないのなら私が処分しよう」長塚がノートに目を落とした。

「ちょっと、それは待ってください」慌ててノートを押さえた。そうしなければ、そのまま持って帰られそうだった。

「うん？」ギョロッとした目で睨み、ステッキを持つ手に力が入るのが分かった。腕の筋肉が盛り上がったのだ。

「僕も、行政から預かっているだけです」ステッキに目を遣り、身構えながら嘘をついた。そして慌てて「ノートの後ろに名簿があって、そこに連絡しないといけないんです。ですから……」と続けた。

「名簿？」

長塚が再び、静かにノートを僕の手から抜き取り、住所の書かれているページを見た。じっと紙面を見つめ奥歯を嚙むのが、僕の位置からも分かる。

「ほとんど、他界しているな」長塚がつぶやいた。

「ということは、そこに書かれた人たちのことも、長塚さんはご存じなんですか」ステッキを警戒しつつ訊いた。

「いや……」長塚は初めて言い淀んだ。

「でも他界っておっしゃいました」

「何でもない。ともかく遺志を尊重するんだ」強く重い言い方だった。

大学ノートを置いて、伝票を手にすると長塚は立ち上がった。高齢とは思えない素早さだ。やはり僕より上背があった。

「あの代金は僕が」

「結構だ」

射るような目で見下ろされたものだから、身がすくんだ。金縛りというものを経験したことはないが、たぶんいまの僕のように手足が固まった状態なのだろう。

長塚がマスターと言葉を交わして店を出て行く姿を、座ったまま目だけで追うしかなかった。

帯屋の保証人になるくらいだから、彼のことをよく知っているはずだ。だから当時のことを聞き出せるのではないかと思っていたのに、何も聞けなかった。

ノートを見て、急変した。

和美のことを訊いても、ろくに思い出そうとせずに、そんな人間は知らないと言い放ったのも気になる。

墓場までか。

帯屋老人は、甲山が言うように無縁仏の供養塔に入る。つまり彼は本当に「かぶとの中での主張」を飲み込んだ。

破り捨てられたページには、それほど隠しておきたい事が書かれていたのだろうか。

長塚はそれを知っていて、あんな言い方をしたのか。

それだけではない。名簿にある人々についても何かを知っている。つまり長塚は、帯屋老人にかかわることを相当知っているということだ。

もしそうだとすれば、当然、和美についても彼は知っている。

そう確信した僕は、もう一度ノートを開いてみた。

しかし何度読んでも、何のことかチンプンカンプンだ。

ノートを閉じて、氷が溶けて薄くなったコーヒーを一気に飲み、〈ブラウン〉を出た。

6

僕はバイト中に時間を見つけて、名簿に記載されている連絡先に一軒一軒電話をかけた。とりあえず帯屋老人の死を伝えることにした。

帯屋老人を知る人間は、わずかに二名、横須賀の高齢者マンション〈憩いの里〉の楠瀬恭一《くすのせきょういち》と、岩手県大船渡市三陸町に住む菊池太郎《きくちたろう》しかいなかった。

その他は電話が現在使われていなかったり、つながっても名簿に記載されている本人が、長塚が言っていたように他界していて話が通じなかった。

帯屋老人の遺体を発見してから六日が経った七月二十六日、楠瀬に会いにいくことにした。

膨らみ続ける創作意欲が、僕を駆り立てるのだ。情熱というものが、こんなにあったことに驚いているのは、自分自身だった。

夜勤明けの朝八時、新大阪発の新幹線に乗り、横須賀の高齢者マンション〈憩いの里〉へ向かった。

新幹線代は痛かったが、夜間の警備のアルバイトまでに戻るには仕方なかった。

列車内は、月曜日だというのに夏休みのせいか、指定席はもちろん自由席も満席状態だ。座ることは諦め、空いているデッキ部分へ行った。しかしそこも発車までのわずかな時間にすし詰めとなった。

まもなく列車がホームを滑り出す。エアコンの冷気はじきに人いきれで温められた。身動きが取れない窮屈さの中、子供のざわつく声は収まらない。僕のすぐ足下にも、男の子がいて大人たちの身体で窓の外が見えないことでぐずっている。親が窘《たしな》めても、男の子の文句は続いていた。

子供はうっとうしいし、家族というのも面倒くさい。

やっぱり、独りが身軽でいい。僕は、一切の親戚づきあいをしていないし、これからもする気はない。

ぐずる子供に手を焼く親を見ると、やっぱり自分は束縛されることが心底嫌いなのだと自覚できた。

同時に、孤独死という言葉が頭に浮かぶ。帯屋老人の死に顔もはっきりと思い出してしまう。

帯屋老人の死に顔を振り払うために、電話で話した楠瀬のことを考えようとした。帯屋の訃報を伝えたとき楠瀬は、古い友人だから飛んでいきたいが、足が不自由な八十四歳の老人にはそれも叶わない、と漏らした。

帯屋老人も八十四歳だから、楠瀬とは同級生なのだろうか。

楠瀬の落胆ぶりが大きく、電話では詳しいことが訊けなかった。もし同級生なら、かなり帯屋老人のことが分かるはずだ。


横須賀駅からタクシーを使った。

タクシーで三十分強走って〈憩いの里〉の入り口に着いたのは、約束の時間である午前十一時半の少し前だった。

高級マンションのような外観で、エントランスの正面に受付があった。ニュー千里アパートでは管理人室が受付の代わりをしているが、添え物だ。

エントランスの広さも、床や壁の光沢もまったくグレードが違う。ここが特別高級なのではなく、ニュー千里アパートが酷いのかもしれない。

受付の女性に楠瀬への面会だと告げると、ロビーで待つように言われた。

鏡のように磨かれた床を歩き、ロビーのソファーに腰掛けた。列車のデッキで変な格好のまま押しつけられていたせいで、背骨とか骨盤が歪んだような気がする。

身体をひねって軽くストレッチをした。まだ三十前だというのに、ボキボキと恥ずかしいぐらい腰が鳴った。

振り向くとロビーの奥はカフェテラスになっていて、高齢者に混じって白い作業着の介護士の姿があった。おそらく介護専門の会社と契約しているのだろう。その光景を見るだけで、入居者を大切に考えていることが窺える。

安心して暮らせているからか、高齢者たちの顔つきもどことなく穏やかに見えた。

声高に、安心して暮らせますよ、とニュー千里アパートの高齢者たちに転居を勧めているマンションが、これほど充実しているはずはない。実際に見たことはないが、説明のために手渡すパンフレットを見ても察しはつく。

それでもニュー千里アパートよりはましなはずだ。

そう独りごちたとき、受付の横にあるエレベータの扉が開いた。

車いすに乗った短髪の男性が姿を見せると、受付の女性が男性に声をかけた。そして一緒に僕の方に顔を向ける。

楠瀬にちがいない。

そう思った僕は立ち上がり、その男性へ会釈した。

「楠瀬さんですね」声が聞こえるくらい楠瀬が近づいてきたのを見計らって、尋ねた。

男性も僕の顔を見ながら、車いすの車輪を操りながら近づく。

「初めまして楠瀬です。わざわざきていただき、すまんことでした」と頭を下げた。

「こちらこそ時間を取っていただきありがとうございます」お辞儀をして「このたびは帯屋さんのこと、ご愁傷さまです」と言った。

楠瀬が目を瞬かせて小さくため息をついた。

「本当に、残念です。飛んでいって死に顔も見てやれなかった」楠瀬は悔しそうに、自分の足を見た。「リュウマチが酷くてどうにもならないんだ」と太ももを撫でる。

太った身体にしては足が細いと思った。動かさないから筋肉が痩せているのかもしれない。

「電話で、遺体の引き取り手がないと言っておられたが、奥さんは？」

「離婚されてるということでしたから」

楠瀬は帯屋老人が離婚したことを知らないのか。

「別れた。そうか。それは知らなかった」楠瀬が何度も首をひねる。

「帯屋さんと最後に連絡を取られたのはいつですか」楠瀬は帯屋とあまり親しくなかったのだろうか。

「最後か。それは、ここに入居して間無しだったから、もう十七、八年前になるかな」

それまで一度も連絡は取っていなかったのに、ここにきたのだと言った。

「どうして、楠瀬さんがここに入居されたことをご存じだったんですか」

「帯屋とは音信不通だったが、共通の知人の長塚さんという人とやりとりしてたからね」

やはり長塚は、ノートの名簿に記載されている人々の中で、少なくとも楠瀬のことは知っていたということだ。なぜ知らないと言ったのだろう。

「長塚さんは、帯屋さんがうちのアパートに入居される際の保証人なんです」

「そうですか。わしのことは長塚さんから聞いたんだ」

「お会いになったとき奥さんのことは？」

「言わなかったな。別れたなんて一言も。なるほど、それで亡骸の引き取り手がいなかったということなのか」彼はひとりでうなずいた。

「それで遺品などの整理をしてまして」

「無縁仏か……結局は」楠瀬は僕の言葉を聞きながら、嘆くようにはき出した。

ずんぐりした体軀の厚い胸板が大きく上下した。

〝結局〟という言葉が耳に残った。

その意味を尋ねようと思ったとき楠瀬が、「お電話では病死だと伺ったが、長患いだったのかね」と訊いてきた。

「いえ、元気だったと思います。突然の脳溢血だったようです」とっさにそう答えた。

「突然の病死だったということなんだね」

「ええ、そのように聞いてます」

「訊きにくいことだが、死んでから何日間も？」

冷房が効いているのに、楠瀬のシャツの襟は汗が滲んでいた。大きく出た腹が邪魔そうで、息づかいも荒い。

「じつは僕が遺体を発見したのですけれど」

「あなたが？」

「はい。それはもう、眠っているのと変わりませんでした。で、警察の調べでも一日ぐらいしか経っていないだろうと」楠瀬の気持ちを考えながら、少なめに言った。変に刺激して長塚のように急変されたら困る。

「そうか。それならよかった」楠瀬は安堵の表情を浮かべた。「いや、我々のように戦争体験者は、死を身近に感じてきましたから諦めはつく。が、放置されていたなんてことになると、やはり哀れな気がしましてな。そうか、あなたが彼を見つけてくれたのか。お若いのに、ご苦労なことだった。私からも礼を言う、ありがとう」窮屈そうに身体を折った。

長塚と同じように僕に礼を言った。二人とも、孤独死をすることよりも放置されることの方を心配しているように思えた。

死んでしまえば、何も感じないし分からないじゃないか。

「いや、そんな。管理人の仕事ですから」

「で、私に訊きたいことというのは、どういうことかな」楠瀬は地蔵のような優しい顔を向けた。

「先ほども言いましたが遺品の整理を済ませて、その処分をしないといけないんです。本当に誰も引き取り手がないのか、調べてます」言葉を切って楠瀬の反応を見た。

「ほう、遺品の整理ですか」

楠瀬が身を乗り出したように感じた。

「ただ、遺品には違いないのですが、ものがものだけにどうしていいか分からなかったんです。これなんですが」僕は大学ノートを取り出し、問題の歌詞が書かれたページを開いて楠瀬に見せた。

「これは……」驚きの声を上げ、楠瀬の顔色が変わった。

長塚と同じ反応だ。

破り取られ欠損しているページを、楠瀬の指が行ったりきたりしている。それは本来あるべきものを探すような仕草だった。

「これは？」責めるような鋭い目を向けてきた。

「それは初めから破り取ってあったんです」言いわけがましく言った。

「じゃあ本人が破ったのか」誰に言うのでもなく、自分で確かめるような言い方だった。

重い空気が耐えられなかった。

「たぶんそうだと思います」言葉を発した。

楠瀬は何も言わない。

「そんな状態ですから普通なら処分してしまうんですけど、そこに書かれてある和美さんに帯屋さんが亡くなったことを知らせてあげた方がいいんじゃないかと思いまして」言い繕わなければ、このまま沈黙が続くような気がした。

「和美……」僕の言葉の途中で、楠瀬がつぶやく。そしてノートの文字に目を落とす。

「もしかしてご存じですか」探るような口調で訊いた。

楠瀬は顔を上げ、こちらを凝視した。そこには人のよい地蔵のような目はない。嫌な時間が流れる。

「知らないね」楠瀬が僕を睨んで吐き捨てた。長塚と同じように、人を寄せ付けない威圧的な眼光だった。

けれども二人の表情の変化は、そのまま和美を知っていることを物語っている。知っているが、僕には言えない。

和美とはそんな存在なのだ。それだけははっきり分かる。

帯屋老人が、妻以外に想いを寄せていた女性にちがいない、という思いが強くなってきた。復員後半年での離婚の原因も、この女性の存在があったのかもしれない。

「……ご存じないですか、残念です」

これ以上和美に関することを訊くと、長塚と同じように話は中断されてしまう。

「では、帯屋さんの映写技師時代のことなんですが」話題を変えた。

「技師時代のこと？」

楠瀬も、僕の心を探っているのが分かった。

「これは、直接帯屋さんのことと関係ないんですけど、僕も、将来映画の仕事に就きたいなと思っているもんですから」とっさに出た口実だけれど、嘘ではない。

孫になれ。甲山の声が聞こえてきそうだ。僕はこれまで何人もの高齢者と会話をしてきている。その辺にいる普通の二十九歳よりも、場数は踏んでいるのだ。

「夢なんです。馬鹿馬鹿しいとお思いでしょう？」可笑しくもないのに、笑顔をつくった。口角を上げて前歯を見せる、これも甲山の指導だ。たとえ作り笑顔だとばれたとしても、好感を得られる顔なのだそうだ。口角を無理矢理上げるより効果的なのだ、と甲山は自信をもっている。

僕は上の前歯をすべて楠瀬に披露した。

「映画の仕事に？」

笑顔が効いたのか、楠瀬の顔は元に戻った。「それは不思議な縁だ」口調も穏やかだ。

「縁ですか」

そうか、こういうのを「縁」というのか。

「若いからそんな迷信みたいなこと考えんだろうが、そういうことってあるもんなんだよ」

楠瀬が目を細めた。

僕は胸をなで下ろした。

「遺品整理という仕事上お話を聞いているんですが、じつのところ僕は、映写技師だった帯屋さんに興味があるんです」と早口で言った。

「というと、帯屋本人に興味があると？」

「そうです。どんな風にして映画関係の仕事に就かれたのかと思いまして」

「うん。その辺りはよく知らんな」楠瀬が首をかしげた。

「聞くところによると、帯屋さんは幼少の頃、村にやってきた無声映画に魅せられたんだそうです。たぶんそれが映写技師になろうと思った原点じゃないでしょうか。そのようなことを何かお聞きになったことはないですか」兼松から仕入れた情報が役立つ。

「ああ、そんな話を聞いたことはあるね」思い出したような顔つきをした。

「帯屋さんは映写技師でしたが、たぶん撮る方にも興味を持たれていたと思うんですよ」

「確かに、彼は撮るのも上手かったな」楠瀬の瞬きが増えた。

「そうですよね」相づちのつもりで言った。

「うん？　ひょっとして、あなたは彼の撮ったものを見たのか」と訊いて、楠瀬が眉を寄せ口を結んだ。

不用意だった。

「あ、いや……」

8ミリフィルムを失敬したことを言うわけにはいかない。

「なら、なぜ？」再び怖い目になった。

「実際に見たわけじゃなく、勝手な想像です」苦しい言いわけをした。

「彼は、自分の撮った映像を残していたのか」楠瀬の言葉が詰問口調に変わった。

「ないです、そんなものは……」そう言って、咳き込んだ。

「もし、そんなものがあったのなら……」楠瀬は、僕を事情聴取した刑事よりもきつい目を向ける。

細かい咳が胃の腑の方から上がってくる。

「ないです」何とか咳を我慢して言った。

「それはどんなものか」楠瀬の視線が僕の口元へ注がれる。

「ですから僕は、見てないです」

精一杯かむりを振って否定した。「信じていいのか」そうは言ったが、彼の目は疑っている。

気まずい空気の中、楠瀬が腕を組んで何度も呻る。

「処分した方がいいな。このノートと共に」と、おもむろに言葉を発し、楠瀬がノートを押しつけるようにして返した。

高齢者とは思えないほどの力だった。足は不自由でも腕っ節は強そうだ。

「それは、上の者と相談します」渡されたノートを握りしめた。そして「あの、長塚さんとは、どういうお知り合いなんですか」と尋ねた。

「少尉、いや長塚さんとは戦友だ。同じ部隊に所属していた」楠瀬がしみじみと言う。

「戦友だったんですか」

長塚は少尉だったのか。なぜそれを隠すかのようなことを言ったんだ。

「その長塚さんも、このノートを処分して、ここに書かれていることを詮索するな、というようなことをおっしゃいました」

「当然だろうな」うなずきながら言った。

「それは、この文書の意味をご存じだからだと僕は思うんです。違いますか」ノートを示しながら、勇気を振り絞って訊いた。

「意味？　そんなもの知らん」

「知らないのに、処分することは当然なんですか」

「友人の一人として、そっとしておいてやってほしいと思っただけだ。おそらく長塚さんも同じ気持ちだろう」

「そうでしょうか」

「そうだ」そう言いながら楠瀬は眉間にしわを作った。

「帯屋さんの気持ちになれば、知らせてほしいと思いますよ」

「誰に？」

「和美さんという方に……」

「やめろ！」大きな声を出し、睨んだ。

「ど、どうしてですか」びくつきながらも、まだ楠瀬に食い下がる気力が残っていた。まさかみんなが見ている場所で、殴りかかってはこないだろう。

「いいかね若いの」今度はささやくような声だった。

「はい」

「みんないろいろなことを抱えて生きてきた。折に触れてさまざまなことを考え、あるいはそれを書き留めることもあるだろう。そこには思い違いや誤りもある。それを鬼籍に入ってしまった後に、他人に詮索されることを誰も望まんということだ」静かな口調だがドスがきいている。

「でも、可能なら、せめてこのノートを和美さんに……」

「いらんことだっ！」

僕が言い終わるまでに、怒鳴り声がロビーに反響した。その声に、受付の女性やラウンジにいた客たちが一斉に僕たちの方へ顔を向けた。

「……………」

「貴様も、飲み込め」

「ですが……」僕はもう一度食い下がろうと試みた。

しかし楠瀬が車いすのリムに手をかけたのを見て「観ました。観たんです、帯屋さんの8ミリを」と口走った。ともかく引き留めたかった。

「やっぱり」楠瀬の手は止まり、大きく目を見開いた。「帯屋が残していたフィルムなんだな」と念を押す。

「ええ、それも帯屋さんの遺品ですから」

「なんてことだ」楠瀬は首を振りながら唇を噛んだ。その顔つきは暗く重苦しいものに変わっていた。

山間の集落を映した映像の何が、楠瀬をそこまで落胆させるのだろうか。

「残しているとは思わなかった……」楠瀬は落ち着きをなくして、独り言のようにつぶやく。

「勝手に観たのは悪かったと思います」目を伏せた。

「それは、鮮明に映っていたのか」楠瀬の口調は重い。

「ええ。表情もはっきり映っていますし、サイレントですが音さえ聞こえてきそうなくらいでした。だから衝撃を受けたんです」

8ミリのことを楠瀬に話してしまったのは間違いだったかもしれない。

どんなところから会社に知られるか、分かったものではない。知られれば間違いなく僕はクビだ。そうなれば警備の仕事もなくすことになりかねない。

「衝撃、か」楠瀬が、なぜか悲しげな表情を浮かべた。

「それはもう。映画の仕事に就きたいと思っているので、あんな映像を撮ることができた帯屋さんに興味を持ったんです」正直に白状するしかない。

「興味、か。平和なことだ」楠瀬が吐き捨てた。

「いけないですか、あの映像に惹かれては」

「恐ろしいことだな」

「恐ろしい？　どういう意味です？」

「あの映像が残っていたこと、そしてそれを君が観たこと。そのいずれも好ましいこととは思えない」

「そんな……。映像として一級品だと思います」

「歴史の汚点のようなものだ」と言ってから、すぐに「分かってほしい、この通りだ。すべて処分してくれ」楠瀬は深々と頭を下げた。

見るからに、ただならぬ様子だ。

「そんな、やめてください。頭を上げてください」慌てて声をかけた。

顔を上げた楠瀬の顔は真っ赤で、目まで充血している。

「他にフィルムを観た人間がいるのか」

「いえ、僕だけです。フィルムが残されていたことすら誰にも言ってません」

言えるわけがない。

「帯屋がまだ荼毘に付されていないのなら……。彼と一緒に、そのフィルムもこの世から葬り去ってほしい」

楠瀬の顔は、いまにも泣き出しそうだ。

「……あのフィルム、そんなに忌み嫌うものなんですか」首をひねるしかなかった。

どう考えても社の前で女性が様々なものを売っているだけの映像に、大の大人が神経質になるものが映っているようには思えない。

「あんなもの、だいたい残しておいたことが間違いなんだ」

「えっ？」ますますわけが分からない。

「彼は撮影技術に長けていた。それだけに、普通なら撮らないところまで踏み込んだんだ。あんたが言うように、被写体に迫りすぎたんだ。とにかくお願いだ、処分を……」楠瀬はまた頭を下げた。

ここの職員にすれば、若者が年寄りをいじめているようにしか見えないだろう。周りを見ながら、気が気でなかった。

「それほど言われるのなら」とは言ったが、処分などできない。あれはもう僕のものだ。質のいいドキュメンタリーにするためには、あのフィルムが不可欠なんだ。

僕を本気にさせてくれた8ミリを、そう簡単に捨てられはしない。

「上司に相談などと言わんでもらいたい。武士の情けだ、処分を約束してくれ。でないと、あまりにも和美が……」と言ってから、楠瀬の顔が「しまった」という感じに歪んだ。

「やっぱり、和美さんをご存じなんですね」確かめるように、楠瀬の目を見つめる。

「いや……」楠瀬は目をそらした。

「いま、和美が、とおっしゃいましたよ」聞き間違いではない。はっきりと楠瀬は、和美の名を口にした。

「さあ、耄碌《もうろく》したのかな。少し疲れたから、これで失礼する」車いすの向きを変え、「では、フィルムの処分のことはたのむ。ノートにあったように、君もこのまま飲み込んでくれ。それが死者に対する思いやりだ。もし、約束を守らんときは……」

「守らないときは？」

「それなりに、覚悟してほしい」そう言い残して、さっさとさっき降りてきたエレベータへ向かった。

「く、楠瀬さん」呼び止めたが、それを無視して程なく到着したエレベータの中へ消えていった。

覚悟とはどういう意味なんだ。

すでに閉まったエレベータの扉をぼうっと見つめていた。

7

長塚や楠瀬が見せた態度は、どう考えても普通ではない。ことに楠瀬の「覚悟してほしい」なんていう言葉には、恫喝に近いものを感じる。僕より遥かに人生経験を積んでいるはずの二人が、そこまでむきになるのにはきっと何か理由がある。

考えられるのは、帯屋老人のノートに記されたズンドコ節の歌詞、和美への謝罪の言葉だ。帯屋老人は何を飲み込んだのだろうか。そして、あの破り取られたページには何が記されていたのか。

何より、どうしてノートも8ミリも処分しなければならないのだ。

帯屋老人に関する謎が、ぐるぐると頭の中を巡る。

何かヒントはないかと、8ミリを繰り返し観てみた。が、そこに歴史の汚点とまで問題視されるような場面は見当たらなかった。

ただ画面の女性の健気で生き生きとした姿が、見るほどに印象深く僕の目に焼き付くだけだった。

女性と吹田市内ですれ違ったとしても瞬時にして判別できるほど、いつしか僕は彼女の顔を鮮明に記憶するようになっていた。

美人とはいえないのだが、素朴な顔立ちが親しみやすく、明るくひたむきな姿に元気がもらえた。彼女の生き生きとした表情につられて、こちらも顔がほころんでしまう。観れば観るほど、彼女は魅力的になっていく。

フィルムは、観るたび僕の創作意欲を刺激し、膨らみ始めた帯屋老人への興味をどんどん成長させていく。

長塚や楠瀬が何を言おうと、フィルムの中の女性とは……もう離れられない。

「勇気と想像力と、ほんの少しのお金さえあれば生きていけるんだ」というチャップリンの映画の台詞を、口に出して言ってみた。

そうだ、何が覚悟だ！

八月の第一火曜日、警備のバイトを一日休むことにした。連絡のついたもう一人、菊池太郎の住む岩手県大船渡市三陸町に遠出をする決心をしたのだ。

予想通り新幹線の混雑は尋常ではなく、距離もうんざりするほど長かった。

一ノ関駅まで五時間強、さらにそこからJR大船渡線に乗り換え約二時間半、大船渡駅に着いたのは午後七時を過ぎていた。真夏でもさすがに景色は夕暮れだ。

そのせいか、また東北という地理的な条件からか大阪よりも少し涼しく感じた。

一旦、予約を入れた民宿〈綾里《あやさと》〉にチェックインして、ショルダーバッグに帯屋のノートを忍ばせ、午後八時に菊池家へ向かう。

民宿の主人、菅原誠が菊池家を知っていて、分かりやすい地図を書いてくれた。そのお陰で迷うことはなく時間通りに着くことができた。

菊池家は、女連中が昆布やわかめなどの水産物を扱う店を営んでいて、菊池太郎やその息子は漁師をしていたのだという。今日はちょうどキハダマグロが大漁だったから、機嫌がいいだろうと菅原が教えてくれた。

店はすでにシャッターが閉まっていて、店先のインターホンを押す。

インターホンに出た女性に、菊池太郎さんと約束していた者ですと告げるとすぐ、シャッターが半分だけ上がった。

ややあって背をかがめて顔を見せたのは、五十ばかりの男性だった。

「親父は離れにおりあんす。こちらさ、きてけらい」

酒が入っているのか、赤ら顔で眉の濃い男性がランニングシャツ姿で外に出てきた。漁師らしく日焼けして、むき出しの肩は筋肉が盛り上がっている。

僕は力こぶを見ながら、無言のまま歩き出す彼の後を付いていく。

狭い道路を二、三十メートル歩くと、木造の平屋建ての前で立ち止まった。

「ここでがんす。たつっと待ってけらい」そう言うと、男性は引き戸を開け、中に向かって客がきたと叫んだ。

「おう、入ってもらってくれ」中から民謡歌手のような甲高い声がした。

家の中からテレビの音が聞こえる。

「どうぞ」

息子に促されて、僕は玄関に入った。

「お邪魔します」と断りながら三和土から部屋へ入れば、そこは六畳ほどの居間だった。ほぼ中央に小さな丸盆が畳の上に直に置かれ、あぐらをかいた菊池がこちらを見ていた。真っ白な短髪で、眉の太さが息子と同じだ。耳が大きく、切れ長の目はどこか映画「スタートレック」のスポック役を演じたレナード・ニモイを連想させた。

「何もねえけど、そこに座ってけらい」菊池が、自分の前の籐あじろ座布団を手のひらで示した。そうしておいてリモコンでテレビの電源を切った。部屋の奥のテレビ画面から唄う演歌歌手の姿が消え失せる。

「突然、お邪魔してすみません」

彼に近づき、正座して頭を下げた。

「いやいやあんたこそ、こんな遠いところまで大変《こと》でがんしたな」と菊池が会釈し、「幸太、ビールを」玄関の息子に声をかけた。

「どうか、お構いなく」僕は目前の菊池と、玄関にいる幸太に向かって言った。

入り口に大型冷蔵庫があって、幸太はその中に腕を突っ込んだ。

「日が落ちても、いっこう涼しくはなんねえから、呑みてえのでがんすよ。遠慮はいらねえ、一緒に呑んでがんせ」菊池は笑った。日焼けした顔に白い歯が目立った。年齢を感じさせせないくらい歯が整っていた。

幸太が、変わった形状の小瓶を二本持ってきて菊池に手渡した。緑色をしたスマートな瓶は、漁師の手にあるよりも、女性が持つ方が似合う感じだ。

「これは瓶のままで、やった方がうめえから」菊池は栓を抜き、一本を僕に渡した。

よく冷えていて手のひらが心地いい。

「さあ、飲んでけらい」また勧めた。

「では、遠慮なくいただきます」冷えたビールは旨かった。しかしツンと鼻に抜ける刺激が残る。それが口中にさらに涼感をもたらした。

「これは」瓶を見た。

「わさびですじゃ」菊池が嬉しそうに言った。

「道理で」

「ツンときたでがんしょ」

「ええ。鼻に抜ける風味はわさびそのものです。色がいいですね」瓶を持ち上げ、蛍光灯の光に透かして見た。

天井からぶら下がる蛍光灯の笠は古く汚れている。それを見て、落ち着いた気分になる自分がいた。

「きれいでがんしょ。地ビールのひとつでがんすが、わしは気にいっとります。ビールの味はどうでがんすか」

「ええでがしょ。お口に合うたなら、帯屋の弔いじゃと思うて呑んでけらい」菊池はにこやかに言い、悲しげに口角が下がった。それを誤魔化すかのように瓶に口をつける。

僕も瓶に口をつけた。

「帯屋さんの弔いなんて、僕なんかが、いいんですかね」と言った。

帯屋老人にとって自分は、通りすがりの人間に等しい。現に言葉を交わしたのも数度で、それも転居の覚え書きを交わす仕事上だけのことだ。

「ええがす、ええがす。人間の縁ちゅうもんはそんなもんでがんす」

「そうですか」

縁という言葉をまた聞いた。

「帯屋は、結局どんな風に？」

皆、死に様が気になるようだ。

僕は帯屋老人の遺体を発見した状況、そして引き取り手がなく、行政の手によって荼毘に付され、無縁仏として葬られることを伝えた。

「そうだったのすか」菊池が天井を見上げて瞬きをした。

その様子が辛そうに見えた。

「おつらいですね」

「美味しいです」

「辛ぐねえと言えば嘘になるな。けれど、帯屋にはこんな日がくるのが分かっていたんじゃねえかと思とりますじゃ」

瓶が空になったのを見て、幸太がビールを持ってくる。

「覚悟をされてたということですか」覚悟という言葉を意識しているせいか、口をついて出てしまった。

「そうかも知れねえでがんす。俺たちのいた部隊の人間は皆、生きていく覚悟よりも死ぬ覚悟の方ができてますじゃ」

菊池は空になったビール瓶を盆に戻し新しい瓶の栓を抜いた。

「まんず、戦争いうんは、そんなもんでがんしょ」と目を伏せた。

菊池は僕の前に冷えたビールを置いた。そして手のひらを上に向けて勧める。

「部隊というのは？」静かに尋ねた。

戦友であることは聞いていたが、詳しいことは知らない。

アルコールが入り、スムーズに話ができている。これは長塚、楠瀬のときとは違う雰囲気だ。同じ失敗はしたくない。焦らずじっくりと話をするんだ。

「ああ、そうか。若い人には分からんことでがんしたな。こんな話は興味ねえでがんしょ」

「いえ。帯屋さんの弔いになればうれしいです。つまり兵隊で、同じ部隊に？」

戦争の話は好きではなかったが、ここで話の腰を折っては元も子もない。

ともかく帯屋老人と長塚、楠瀬、そして菊池が、同じ部隊にいたにちがいない。一つずつ帯屋の人生、歩んだ足跡にスポットを当てていくんだ。

「同じ部隊でしたら、帯屋さんの人となりみたいなものもご存じですよね」

「性質みたいなもんは分かるつもりですが」菊池は遠くを見る目をした。

「どんな方だったんですか」性質というのは、性格のことを指すのだろう。そう思って尋ねた。

僕の質問に菊池は「ううん」と呻り、ビールを口にする。「無口で、大人しかったでがんすな。ですが、少し考えすぎるところがありあんした」

「考えすぎる？」帯屋老人の暮らしぶりや、兼松の証言から、無口で大人しいというのは何となく想像がついた。考えすぎると言ったときの、菊池の表情が気になった。眉の動きが、どちらかといえば否定的だったような気がした。

「軍隊ちゅうところは、上の命令が絶対でがんす。中には理屈の合わんこともあるのすが、いちいち考えてたら動作が遅れますじゃ」

頭で考えるよりも行動に移さないといけないときに、帯屋が遅れをとったということか。よく言えば思慮深く、悪くいえば頭でっかちということらしい。

「うちの班は、彼のせいで上官から何遍もお目玉を頂戴しておりあんしたな」

「帯屋さんのせいで怒られたんですか。じゃあ帯屋さんには」いい印象を持っていないのか、と訊こうとした。

しかしその前に「恨みなど持ってねえでがんすな。かえって班の結束が強うなりあんしたんでな」と笑った。

「そうなんですか」学校のいじめなどは、おおかた班のお荷物であることから始まるものだ。とくに連帯責任を課せられるときは露骨だった。

「他の班は知らねえでがんすが、長塚班は……」菊池は言葉を飲み込んだ。

長塚班。楠瀬が長塚のことを少尉と呼んだことがある。つまり長塚がみんなを束ねていたということになる。

「班長は長塚さんだったんですね。そして菊池さん、楠瀬という方も同じ部隊だった？」

「おお、懐かしい。ようご存じでがんすな。その通り、長塚さんも楠瀬も戦友ですじゃ」急に菊池が立ち上がり、流しの開きにあった一升瓶と湯飲みを取ってきた。「冷やで旨い酒でがんす。やりましょう」菊池はくしゃくしゃの顔で酒を注いだ。

戦友の名前が出たのが嬉しかったようだ。その態度もこれまでの二人とは違う。

「どうして、あんたがそんなことを知ってますのじゃ」

「実はこれを見たんです」例の大学ノートをショルダーバッグから取り出した。住所録のページを開いて彼に見せた。

「これは？」

「帯屋さんのものです」

「遺品ちゅうんはこれでがんすか」菊池は老眼なのだろうノートから顔を離しながら、目をこらした。

「そうです。ここに載っている人たちは、やはり……」

「同じ部隊にいた人間で、死に損ないですじゃ」口は笑っているが、じっと湯飲みを見つめる目は険しい。

「死に損ない……」言葉の響きが気になった。死に損ないという言葉から、僕は映画「月光の夏」を思い出した。

出撃前の最後の思い出にピアノを弾き、死んでいった若き特攻隊員の話だ。

帯屋老人が所属していた部隊は――。

「本来ならみんな……」

「もしかして、特攻隊だったんですか」訊いてはいけない事柄だったのかもしれない。だがもしそうなら、帯屋老人の人生観にも大きく影響するはずだ。

「特攻隊……？」菊池が力なくつぶやいた。

「すみません。さっき死に損ないっておっしゃったんで」頭を下げた。

「いいや、謝らんでええです。まあそんなところでがんす」菊池が茶を濁した。

その菊池の態度そのものが、特攻であったことを物語っている。

「死ぬ覚悟で戦地に赴かれたんですね」

「そういうことになりあんすか。みんな死ぬつもりでおりあんした。それが死ねながったのすよ」酒を飲み干した。

「そうだったんですか」

菊池が持っているノートを、さりげなく自分の手に戻した。歌詞のページはもっと菊池と打ち解けてからでないと、見せるわけにはいかない。

「帯屋さんと連絡は取り合われてたんですか」

「いや、みんな音信不通だったんじゃねえすか。他の部隊と違って戦友会のようなもんもねえがったから」

「でも、帯屋さんはみなさんの住所を知っておられたんですよね」僕は再びノートを示した。

「さあ、みんなのところはどうか知らねえども、俺のところには、ほうだな四十年ほど前に帯屋から連絡があったのすよ」

突然のことで、菊池自身も驚いたのだそうだ。

「四十年も前ですか」

二十九年しか生きてきていない自分にとっては、想像がつかないほどの時間が経っている。

「あんまり突然のことで、面食らったでがんす。何でもカメラを持って故郷《くに》に帰る途中に寄ったんだと」そう言うとまた杯を重ねた。

「カメラ。じゃあ故郷の写真を撮りに」

「写真じゃねえのす、8ミリ撮影のカメラじゃ」

「8ミリ」

それだ、あの8ミリはその際に撮ったものにちがいない。リヤカーを引く女性が開く社の前の物売り風景は、彼の故郷の四十年前のものだった。

そうなると帯屋老人の別れた奥さんである可能性も出てくる。終戦から半年で離婚し、それから二十数年が経ってから奥さんを撮った。

「あの。終戦後に離婚されたそうなんですが、軍隊時代には奥さんがおられたと伺っています。奥さんの名前はご存じないですか」

これまで和美という名を出して失敗している。うかつなことは言わない方が利口だ。

「よう覚えとります。ひささんといいますじゃ」

「ひさ、さん」

和美ではなかった。

「ほうです。出征するいうんで慌てて祝言を挙げたというて、何やかやと気にしてました。四十年前に会うたときもその話が出たから」と微笑むと、菊池はいっそうニモイに似ていた。

「ひささん、ってどんな字ですか」

「ひらがな、ですじゃ」

リヤカーの女性はひさか。しかしどうして離婚した妻をわざわざ撮りに故郷に戻ったのだろう。

「どうして、故郷を8ミリに収めようとされたんですか」という僕のろれつが怪しくなってきた。酒のせいで舌が回らなくなってきている。

湯飲みの酒が少しでも減ったと見るや、素早く菊池は注いでくる。僕は飲むふりをして、湯飲みに口だけをつけていた。けれど酒が強くないから、まぶたに力を入れていないとそのまま閉じて眠ってしまいそうだ。

顔が火照り、手足には軽いしびれを感じ始めている。二カ所のバイトの掛け持ちで睡眠時間が少ない上に、今年の猛暑でこのところ眠り自体が浅くなっていた。それがアルコールへの耐性を弱めているようだ。

「限界集落だったと聞いておりあんす」

菊池の顔はほんのり赤らんでいるだけだ。

「限界？　限界集落っていうのは？」なじみのない言葉だった。

「俺も、ようは知らねえんでがんすが、過疎地でおまけに年寄りが多くて、集落として成り立たねえところのことだと聞いてますじゃ」

「ああ、集落が存続できるかどうか、ぎりぎり限界の状態にあったということですか」

「そんなんやと思いますじゃ」

「その限界集落の風景を、撮りに帰られたということですか」

いや違う。帯屋老人が撮りたかったのは、人だ。根拠はないが、きっとそうにちがいないと思った。

「その年に、限界集落に止まらず、消滅するんだと言ってたでがんすな。それで村の最後の姿を残したかったんじゃねえですか」

「消滅する前の村の風景ですか、なるほど」目を開けていようとするのだけれど、どうにもまぶたが重い。

風景は山の緑と山道を登ったところにある社、そして女性が開いた市場に集う村人の姿。

村が消えてしまい、他の村へ引っ越していかなければならないことを考えると、胸が詰まる。みんなの笑顔は村の最後の輝きみたいなものだったということか。確かに、ただの笑い顔とは違う複雑な表情であったかもしれない。

住み慣れた土地での暮らしともうすぐお別れだ、という気持ちがみんなの顔ににじみ出ているために、僕の琴線に触れたのだろうか。

いや、僕が惹かれたのは、あの表情だった。彼女がカメラに向けるまなざしに言いしれぬ魅力を感じたのだ。

「じゃあ、帯屋さんのふるさとは、いまはないんですね」

あの坂道を僕も登ってみたい、社の前に立ちたい。

「村は人がいねくなるとおしまいでがんすな。岩手県内でもそんな集落は少なぐねえ。みんな荒れてしまうんだな。お上が考えてるようにはうまぐいがねえ。帯屋の村はどうか知らねえども、朽ち果てるのが落ちでねえでがんすか。元々、人がいねぐなって消滅したところでがんすからな」菊池は顔をしかめて言った。

「秋田県ですよね、帯屋さんのふるさとは」

「そうだと聞いておりあんすな」

「詳しい住所なんかは、菊池さんも……ご存じないんですよね」しゃべりながらも目が閉じていく。

「知らねえのすよ」

「そう、ですか……」菊池の顔が回り始めた。

「顔色がよぐねえな。遠慮なく横になってけらい」

菊池の言葉が遠くから聞こえてくる。

「いえ、大丈夫…です」そうは言ったが、頭が重く前のめりになると畳に両手をついても身体を支えることができなくなっていた。

「親父。お客さん、大丈夫か？」幸太の声がする。

「飲み過ぎたみたい、です……」そのようなことを言った。

ドンと額で畳を打つ音が、自分の耳に届いた。体勢を戻そうとしたが力が入らず、横に転げるしかなかった。

「ちょっと眠れば、ようなりますじゃ」

菊池の高音の声に、何度もうなずいた。いや、もう身体は動かなかったから、返事をしていたような気がする。

8

目を開けると、そこに真新しい蛍光灯の笠があった。ここは菊池と飲んだ離れではない。糊の利いた夏の掛け布団、手触りが洗い立てだと分かるシーツ。枕の上に電気スタンドと床の間。かすかに聞こえる波の音。

ここはどこなんだ？

身体を起こした。

猛烈な頭痛と吐き気に襲われ、もう一度横になった。

ダメだ。身体を伏しても、床が波の上に浮かんでいるかのように不規則に動く。

気持ちが悪い。完全な二日酔いの症状だ。

ゆっくりと身体の向きを変え、枕を側頭部に当てて目を閉じる。しかし床の動きは収まってくれそうにない。

目を開けている方がいいのか？

父親がよく酔っ払っていた。子供の頃からそれを見ていた僕は深酒をしないように心がけた。酔うと気が大きくなることを知って、どれだけ父が気の小さい男だったのか分かった。

酒の力を借りて、母をなじり僕を叱っていたのだ。

アルコールで何かを麻痺させないと、妻と息子に文句も言えなかった父。余所に女ができてからは、母に手を上げるというお決まりの酒乱亭主に凋落《ちょうらく》していった。酒の力などに頼る男のなれの果てを見た僕は、これもお定まりのように酒を敵視した。

しかし、こんなものには負けないと思う気持ちを抱きながらも、アルコールの威力には負けてしまう。

二日酔いの辛さは経験している。苦しみは一時的なもので、寝ていればそのうちなんとかなるものだ。

そう自分に言い聞かせたが、少しでも頭を動かすと猛烈な吐き気に襲われる。敷き布団にしがみつくような格好で、じっと吐き気の通り過ぎるのを待った。

少しまどろんだ。布団の揺れは、日本海から琵琶湖程度の波へと収まりつつある。

部屋を見回してみた。どこをどう見ても、ここは菊池の家の離れとは違う。菊池の目の前で酩酊状態になり、そのまま横になったはずだ。

ゆっくりと仰向きになり、自分の服装を見た。寝間着姿だ。着替えた覚えはない。菊池が僕を介抱し、着替えさせてくれたのか。

何ということだ。菊池の手を煩わせてしまった。

ぐでんぐでんに酔っ払った人間を運んだことがある。

警備をしている道路工事現場の近くで、路上で寝転がったまま動かなくなった酔っ払いの老人がいた。そのままだと車に轢かれそうだから、せめて路肩に避難させようと声をかけたが、起きなかった。仕方なく力ずくで運ぶことになったのだけれど、僕より小柄だった老人はとても重く手を焼いた。

脱力した人間の重さは分かっている。僕をここに寝かせただけでなく、着替えさせるには相当な手間がかかったにちがいない。

腕を見たが腕時計はなかった。

ただ窓の障子越しに差し込む光は、午前中のものではない。

部屋を見渡したが時間の分かるものはなかった。床の間の前に僕のショルダーバッグが置いてあった。その中に腕時計をしまってくれているのだろうか。

しつこく残る頭痛と吐き気をこらえながら、バッグに手の届く場所まで匍匐《ほふく》前進した。バッグにたどり着くと頭の上に洗面器でも載せているかのように、そろりと身体を起こした。深呼吸して、バッグを開けた。中を覗こうとうつむくと吐き気がぶり返しそうだから、手探りで時計を探す。

手に携帯電話が触った。

取り出して時間を確認する。午後一時を回っていた。

しまった。いますぐにでもここを出ないと、夜のバイトに間に合わない。

慌てて身体を起こす。

やはり目が回って、畳に伏し四つん這いになった。体中から脂汗が出る。

「お客さん、大丈夫ですか」ドアが開き、女性の声がした。

その声に聞き覚えがある。菊池の店のインターホンに出た女性の声だ。

「菊池さんの？」それ以上口を開くと吐きそうだった。

「菊池家の嫁です」

「ここは？」

「お客さんが予約された民宿です。綾里でがんす」

「民宿」

「私は夏の間、ここでお世話になってます」彼女は僕の傍らに盆を置いた。その上には木の椀が載っていて、湯気と共に味噌の匂いがしている。

匂いが胃の腑を刺激した。匂いから逃げ出したかった。

「酔い覚ましの味噌汁です。具は入ってませんけど」

「飲めそうにないです」彼女には悪いが、顔を背けた。

「無理しても、飲んだ方が楽になりますよ」そう言って彼女は立ち上がった。

「あの、ご迷惑、おかけしてすみませんでした」身体を起こせず、彼女の紅い作務衣の裾に向かって言った。

「お義父さんとうちの人が運んだのす。マグロより軽いから造作もないことだと思いますよ。もし何か召し上がれそうになったら声をかけてください」

「ありがとうございます」

彼女が会釈した気配を感じた。

部屋を出て行った音を聞きながら、盆を見る。彼女が言ったように、これを飲めば胃の不快感が収まるのだろうか。

試してみるしかない。とにかく吹田に戻らねばならないのだ。

椀を引き寄せ、目をつむって一口飲んだ。薄味の味噌汁だった。少し間を置いてみた。むかつきは起こってこない。二口、三口、そして椀を傾け飲み干した。

にわかに空腹を感じた。

思い切って布団の上に座ってみたが、吐き気は襲ってこない。

不思議な味噌汁だ。

頭は重いけれど、動けないほどではなくなってきた。

部屋の片隅にたたんである服を見つけ、ふらつきながらも着替えを済ませた。おぼつかない足取りで部屋を出て、チェックアウトの手続きをする。

「昨夜は、えらいご機嫌だったのすな。大丈夫でがんすか」精算をする間、主人が声をかけてきた。

「菊池さん、酒豪ですね」苦笑いしながら言った。

「あれでも弱くなった方であんすよ」

まともに飲み比べでもしたら、こんな二日酔いでは済まなかった。

「すみません、タクシーを呼んでもらえますか」相当な出費は覚悟の上だ。いまは時間を優先させなければならない。

「一ノ関駅までタクシーを？」主人は目を見開いた。

「今日の夜までに大阪に帰らないといけないんで」

「それはよぐねえ。息子に送らせますじゃ」と言うと、主人は奥へ引っ込んだ。

断る暇もなかった。

「のんきな学生のす。遠慮なんていらんでがんす」主人が背の高い息子と一緒に現れ、「息子の晋《しん》のす」と紹介した。

「いや、本当にいいですから」ありがたいが、断った。

「いいんです、民宿のワンボックスカーですけど」と言って、晋がフロントの横にかけてあるキーを手に取り、指で回す。

「何も大阪まで行くって、言ってねえですから」主人が笑った。

「それじゃ、お世話になります」格好つけていられない、もはや時間がない。

主人に追い立てられるように、僕は民宿綾里の車に乗せられた。晋は、すぐに車を走らせる。

車の中で、彼が山形県にあるT芸工大学の学生で、芸術学部であることなどを話した。映画にも興味を持っていて、車中は退屈しなかった。

一関市の市街地に近づくと、田園風景の中に大きな建物がぽつりぽつりと見え出す。

「親父がお客さんを送って行けっていったのは、行き先が一ノ関駅だからなんですよ」晋はちらっと僕を見て言った。

「どうしてです？」

「俺、ここの博物館にほとんど毎日きてるから」晋は〈一関市博物館〉の展示物を鑑賞しにきているのだそうだ。

「博物館に？」美術館なら、模写するということもあるかもしれない。

「学部は芸術なんだけど、俺の専攻は歴史遺産学科っていうんです。民俗学を学んだり文化財修復の技術を習ったりするんですよ。あそこには東北の独自文化があって、好きなんです」

古代の刀剣や江戸時代の蘭学や医学、それに日本独自の数学である和算などの展示物が間近で見られるのだそうだ。

「興味あったら一度見にきてください。うちに泊まって」晋は微笑み「もう駅です」と言ってロータリーに止まっているタクシーの後ろへ車を駐めた。

「助かった、ありがとう」礼を言って車を降りると、改札口へと走った。晋に一ノ関駅まで送ってもらったおかげで、どうにか新幹線に間に合った。

その後東京駅で東海道新幹線に乗り換えて、運良く座れた僕は、すぐに眠りに落ちた。何とか警備の交代時間に間に合いそうだと思うと、昨夜から張り詰めていた緊張が解けた。目を覚ましたのは名古屋に停車したときだった。熟睡していても、列車がホームに停まる振動は意外に身体に響くものだ。

新大阪までは、まだ小一時間ほどかかるなと思いながら、荷物棚のショルダーバッグを下ろした。なぜかノートが気になった。

窓側に座る男性を気にしながら、バッグからノートを取り出した。古びたノートをやさしく開く。

住所録を見ながら、特攻戦士たちの名前だと思うと、何だか気が重い。長塚の「ほとんどが他界している」といった言葉を思い浮かべた。

長塚自身も特攻隊の一員なのだから、戦後のみんなの消息を知っていたにちがいない。さらに楠瀬が言った「我々のように戦争体験者は、死を身近に感じてきましたから諦めはつく」という意味も何となく理解できる。

彼らは、国から死ぬことを命じられて、生き残った人たちなんだ。

となると「和美、許してくれ。私はもう、君のかぶとの中での主張は、このまま飲み込むつもりだ」の意味も変わってくる。

そう思いながら、その言葉が書かれたページをもう一度見ようとした。

あれ？

破り取られたページのすぐ後にあるはずのページが見当たらない。

どうなってるんだ。

慌てて何度もページを行ききしたが、歌詞も和美という文字も消えてなくなっている。

そのページをよく見ると、のり付けされている場所、本で言えば「のど」と呼ばれるところから破り取られているのが分かった。

なんてことだ。

犯人は、菊池以外に考えられない。

なぜ、こんなことを――。

前の二人とは違って打ち解けられていたではないか。和美についても訊かなかった。気分を害することは避けたつもりだ。

じっと、なくなったページを見つめる。

菊池がこんなことをする意味が分からない。裏切られたという憤りと寂しい気持ちに舌打ちした。少しだけ、人との出会いもいいものだと思いかけていたから、余計にやりきれなかった。

やっぱり人間なんて信じられない。

いろいろなことが頭に浮かんでは消える。

人のノートを破るなんてあまりに酷いではないか、と思ったが、そもそも僕の所有物ではないものだ。とやかく言える資格はない。黙って8ミリフィルムや映写機を持ち出した人間が、どうして菊池を責められるのだ。

京都を過ぎた辺りで、冷静さを取り戻そうとした。自分が帯屋老人を調べようと思ったきっかけは何だったのか。それはあの8ミリフィルムに感動したからではなかったか。

つまり映像に、帯屋老人の人生が投影していると踏んだから、ただでさえしがらみが嫌いな僕が、重い腰を上げたのだ。

何も、あの和美に関する記述の意味を調べるためではない。あの歌詞の意味がどうであろうと、和美が誰だろうと、またかぶとの中の主張が何であっても、8ミリフィルムとは無関係だと思えばいいのだ。

こんなノート、長塚や楠瀬が言うように処分してもよかった。

ノートをバッグにぞんざいに放り込んだ。籠もった音がして、徐々に菊池への憤りも静まってきた。

逆に、長塚たちの過剰な反応に腹が立ってきた。

墓場までもっていく、なんて大げさすぎる。山間の社で開かれた小さな市場を撮った映像に、そこまで目くじらを立てる必要なんかないじゃないか。

あの世代の人間の価値観は分からない。ならば、考えるのをやめればいいと思うのだが、そこに帯屋老人の考えを理解する上で重要なものがある気もしてくる。

孤独死を発見するなんて経験、誰もがすることではないし、こんな謎めいたフィルムとノートを手にすることもあり得ることではない。

千載一遇なんて陳腐な言葉が頭に渦巻いて、どうしてもドキュメンタリーとして完成させたいという気持ちが再びもたげる。

携帯を取り出した。そしてノートの文章を思い出し入力しようと考えた。

「トコズンドコ　深度十五メートル想いを抱いて、消えたあいつの魂いづこ　必ず生かすぞ生かします　可愛いあの子に会える日まで。和美、許してくれ。私はもう、君のかぶとの中での主張は、このまま飲み込むつもりだ」

何度も読んでいたから、苦もなく思い出せた。

明くる日の五時頃、ニュー千里アパートの管理人室の呼び鈴が鳴った。帰り支度をしていた僕は、嫌々ドアを開けた。やっかいな苦情は、夕方に持ち込まれるものだからだ。

「あっ」ドアの前に立っている人間を見て驚いた。

目の前にいたのは、杖をつき帽子を被った長塚だった。

「な、何ですか」

長塚は「邪魔するよ」と言うと、僕を押し込むようにして管理人室へ入ってきた。

「あの、もう今日は終わりなんですけど」閉店を告げる喫茶店の主人のようなことを口にした。

長塚は帽子を取り、腰に手を置き室内を見渡す。

「……用があるんですか」

「ああ。話がある。少しぐらいいいだろう？」疑問形は口調だけで、長塚は僕が座っていた椅子に腰掛けた。

「話って何ですか。あのノートのことなら……」どう言えばいいのか分からない。菊池が破り取ったと告げるわけにもいかないだろう。

「ノートは？」半袖のワイシャツから出ている長塚の、杖の頭に乗せている腕の筋肉に力が入った。

「処分しました」嘘をつくしかない。だが、すでに僕の手からなくなったようなものだ。

「じゃあフィルムも？」この間と同じように、眼鏡越しに怖い目で睨む。

「…………」長塚の視線を避けた。

「そうか。君の上司と話がしたい」

「それは……」焦った。甲山に、帯屋老人の所有物を持ち帰ったことがばれてしまう。

暑さを感じ、エアコンのリモコンを摑み温度を下げた。

「君では、埒が明かんからだ」当然、長塚は僕の言葉など信用していない口ぶりだ。

「もう少し待ってください」

「待ってどうする？」

「僕の方から会社にきちんと話して」甲山に事情を説明する時間がほしかった。嫌なヤツだが、長塚よりは融通が利くだろう。

「帯屋の持ち物は、彼自身のものだ」威圧的な態度で話してくる。

「分かってます」

「持ち主がこの世に存在しないのだから、きれいさっぱり消えてなくなってしかるべきものだ。持ち主と一緒にな」

長塚の目は、いくら視線をそらそうと逃げても追いかけてくる。

「でも、僕の一存では」

「だから、私が直接君の上司に話すと言っておるんだ」

「それは」

「君が困るんだろう？」

長塚の言葉に、うつむいてしまった。

「悪いことは言わん。私にフィルムを渡すんだ。それと帯屋のノートも」

長塚がそう言ったとき、何か変だと思った。

「あの、僕は長塚さんにフィルムのことって話しました？」

確かあのとき長塚は和美のことを持ち出したとたんに態度を変えた。間違いない、フィルムのことは一言も話してないはずだ。

「君から聞かんで、なぜ私が知っているんだ、うん？」長塚は憮然とした表情を向けた。

「いえ、僕はあなたに話してません」それだけは、自信を持って言い切れる。

「そんなことはどうでもいい」長塚が苛ついた言い方をした。「現に君はフィルムを持っているんだろうが」

その様子から確信した。やはりフィルムの話は一切していない。にもかかわらず、長塚が8ミリフィルムの存在を知っているのは、楠瀬か菊池から聞いたのにちがいない。

菊池からは帯屋老人が故郷を撮りに帰った話を聞いている。つまり僕が8ミリを持っていることを前提に話していたといえないだろうか。

三人が、互いに連絡を取っていると考えた方が自然だ。

僕が酔いつぶれたのも菊池の仕業だとすれば、ノートを破り取ったことも計画の一つだったことになる。

軍隊時代に長塚は、彼らの班長だったのだ。

「長塚さんが、指示したんですか」追い詰められたせいで躊躇《ちゅうちょ》なく言葉が出た。

「うん？　何のことかな」長塚の口元がほころんだ。

かえって不気味だが、もう言うしかない。

「菊池さんにノートを破るようにと」

「ほう」

「菊池さんに連絡されたんでしょう?」彼の圧力に負けまいと、拳に力を込めて尋ねた。

「君は、私が思っている以上に利口なようだ」長塚は笑顔のままだ。

「はぐらかさず、答えてください」まともに目を見て言おうとしたが、できなかった。逃げ腰の自分が情けない。

一年ほど前に僕を振った彼女の顔が、ふいに浮かんだ。

夢って逃げ場所じゃないわ。夢の実現のためにバイト生活をしているんだ、と彼女に言ったときに返ってきた言葉だ。二十八歳の男性として経済力がないことよりも、夢を言いわけにして現実から逃げていることを理由に別れを告げられた。

しがらみを作りたくない僕が、コンビニで働く彼女に声をかけたのは、容姿が好みだっただけだ。だから見え透いた下心が嫌われたのならまだしも、僕の本性みたいなものを見破られ、そこを批判されたのに面食らった。そして痛かった。

彼女の言う通り、何事においても逃げ腰だった。それが的を射ているだけに、カチンときて、喧嘩別れとなった。

その夜、なんて器の小さな男だと、自分を嫌悪し眠れなかった。

これまで映画は、僕の逃げ場所だった。なら映画監督になる夢もそうだったのか、と彼女の言葉を噛みしめた。

何事にも逃げ腰なのは、変わっていない。いや8ミリに出会うまでは、自分を変える気もなかった。

けれどいまは——。

「分かった。正直に言おう、菊池とは連絡を取った」長塚は真顔になっていた。「だが、ノートを破れなどという指示は出していない」

「あえて言葉に出さなかっただけで、結果は同じじゃないですか」

「同じだ？」長塚の片方の眉が動いた。

「だって僕が菊池さんに会いに行く目的は、あのノートの記述に関してだとご存じだったんですから。あなたがあのノートの処分を望んでいることを菊池さんに伝えれば……」

「菊池が行動を起こす、か」

よそ事のような言い方だ。

あのノートは処分対象なのだから誰が手を下そうと、そんなことは問題ではないのではないですか、と僕は言った。

「処分対象か。上手い表現だ」長塚がわざとらしくうなずく。

「どうしてですか。なぜそこまであのノートにこだわるんですか」

「こだわってはいない」

「僕から見れば、異常なほどこだわってますよ。あの歌詞や文章の意味、そして和美さんのことを知っていて知らんぷりしているんでしょう？　教えてください、どんな意味があるんです？」

「意味などない」長塚は切り捨てるような言い方をする。

「嘘です」

「嘘じゃない。前も言ったが、友人として遺志を尊重してやりたいだけだ」

「それは変です。それなら菊池さんがノートを破いたのはどうなんですか。そんな行為、とても遺志を尊重する態度とは思えません」語尾に抗議の気持ちを込めた。

「それは、菊池に訊きたまえ」長塚は冷たく突き放した。

「先日は言いそびれましたけど、僕は映画関係の仕事に就きたいと思っています」

長塚が僕の顔を見た。

「長塚さんが、東和映像株式会社に勤めておられたのも知ってます。帯屋さんは、同じ系列の映画館の映写技師だったんですよね。だから僕、帯屋さんに興味を持ったんです」長塚の表情を窺った。

「それでフィルムにも？」

「勝手に持ち出したことは悪いと思います」いままでとは違い、素直に頭を下げようと思った。

「やはり、観たのか」

長塚の言葉には、怒気が含まれている感じはなかった。

「はい。観ました」怖じ気づきそうな気持ちに鞭を打つ。もう隠しても無駄だ。

「どう思った？」

「すばらしい映像だと思いました」

「すばらしい？」長塚は首をひねり、「君、映画関係の仕事に就きたいと言ったが、具体的には？」と訊いてきた。

「できれば監督になりたいと思ってます」口に出すのは恥ずかしかったが、ここで尻込みするわけにはいかない。

「それなら、たくさんの映画を観てきたはずだな」

「映画が友達のような、そんな生活をしてきたつもりです」自分でも、驚くほど率直な気持ちをはき出していた。

「友達か」長塚は言葉を切って「私は糧としてきた。だから作品を観る目はそれなりに肥えていると思っておる」と言いながら眼鏡フレームに手をやった。

長塚は折りたたんで壁に立てかけてあるパイプ椅子を杖で指した。座れということだろう。

僕は長塚の言葉に従った。

「彼の作品がすばらしいとはな。いったい君はどんな映画を観てきたのかね？」

質問をする長塚の眉間が緩んだ。まるで孫を見るような優しい目になった。

「アキ・カウリスマキやジュゼッペ・トルナトーレ、マイケル・ラドフォード監督の作品が好きです」思いつくまま並べた。

きっとスピルバーグやルーカス、タランティーノらの名前を挙げるとでも思っていただろう。そんなミーハーじゃないというところを示したかった。

「うん。トルナトーレなら『ニュー・シネマ・パラダイス』か『明日を夢見て』、ラドフォードは『イル・ポスティーノ』がいい。そうだな、よしカウリスマキの『浮き雲』で君の気に入った場面はどこだ」試験官のような目で質問してきた。

「浮き雲」は「白い花びら」と同じくカウリスマキの作品の中で、とても気に入っている作品のひとつだ。

主人公の男性は誇り高き市電の運転士で、その妻はレストランの給仕長だった。しかし揃って職場を首になる。職探しをしても見つからず、車を売って作った全財産をルーレット賭博につぎ込み失敗する。

平凡な夫婦の惨憺たる生活を描いているが、そこに悲壮感はない。どうあっても誇りを失わない二人の美学が、画面ににじみ出ているからだ。やがて二人の貧しても鈍しない生き方が、チャンスを生むことになる。

「それは……ソ、ソーセージ」ふと頭に浮かんだ場面を口に出した。

「ソーセージ？　聞かせてくれ」長塚の身体が前へ傾斜し、椅子が軋んだ。

僕は、その場面を詳しく思い出そうと目を閉じる。するとすぐ、主人公の男性の風体が鮮明に出てきた。

「主人公の男性は、失業して職探しをしても見つからないという切羽詰まった状態なのに、二本買ったソーセージの一本を飼い犬に与えるシーンがあります。本来ならみすぼらしく見える場面だと思うんですけれど、むしろ男性の人間としてのプライドみたいなものさえ感じました」と言って長塚の表情を上目遣いで見た。

長塚も目をつぶっていた。

「そこが一番印象に残ったのか」長塚は不満げな顔つきで目を開いた。

「もちろん全部好きですが、あえて言えばそのシーンです」何が不満なんだ。主題でもある、貧しくても誇りを失わないことのすばらしさを象徴する場面じゃないか。

「その好きな『浮き雲』を、君は何度観た？」浮かない顔のままで尋ねた。

「ビデオを持ってますから、もう数え切れないほど」ムッとしながら、即答した。

「それで、もっとも印象に残った場面が、そこか」

「おかしいですか」奥歯を噛んだ。

長塚は本当に「浮き雲」を観ているのか。いや観ていたとしても八十歳を越えていて、それほど詳細に記憶していないのではないか。

そうだ、はったりにちがいない。僕に、ある程度言わせておいていちゃもんをつける気なんだ。それで僕を責めた後、うまく言いくるめて帯屋老人のフィルムを奪い取る作戦なのだ。

そんな手に乗ってたまるか。

「逆にお訊きします。長塚さんの一番印象に残ったシーンはどこなんですか」

「君のように表層的なものではない」

ほらきたぞ。表層的なものなんて評論家が使う言葉だ。そんな抽象的なことなら、映画を観てなくても言える。

「具体的に言ってもらわないと分かりません。僕の挙げたシーンが表層的だとおっしゃるには、それなりの理由があるはずですから」

皮肉に聞こえてもいい。高齢者だからといって、何を言っても許されると思ったら大間違いだ。僕にもプライドがある。

「言ってもいいが、君が覚えていなければ意味をなさん」

「長塚さんが一番印象深いというシーンなんですから、繰り返し観ている僕にも絶対分かりますよ」胸を張った。

いい加減降参した方がいいのに、長塚も頑固だ。

「そうだな」長塚はちらっと柱時計に目を遣り、考えるそぶりを見せた。

「どこなんですか、教えてください」

映画に関しては妥協したくない。長塚に負けたくもなかった。

「君が言うように、二人は職を失ったが、美学だけは捨てなかった。とりわけ夫の方は貫き通そうとしていた」

長塚が言ったのは、夫が三人の荒くれ者に酷い暴行を受け、港に放置されたときでさえ、身だしなみを整え花を買って自宅に戻ってきた場面だった。

「彼が考える男性像は、妻の前ではあくまで紳士であり続けることだった。しかし一度だけ、その誇りをも失いかける瞬間があった。分かるか」

長塚の質問について考える前に、少し動揺していた。彼は、ちゃんと「浮き雲」を観ていた。それだけでなく、正確に記憶している。

「誇りを失いかける……」必死で映画を思い浮かべた。「それはルーレット賭博で負けるところ、ですか」自分でも弱々しい声だと思った。

「そうだ。その場面を思い出してみろ」

長塚に言われ、また目を閉じた。

ルーレットの会場の外で待っている妻は心配そうな顔で佇んでいた。そこへ賭博を終えた夫が画面右側からフレームインして現れる。

妻が賭博の結果を訊き、夫が全部すったと答えた。そこまでは覚えているが、特に印象に残っていない。

「文無しになるんですから、確かに重要なシーンだと思いますけれど……」さらに卑屈な眼差しを長塚に向けた。

「夫は打ちひしがれる。彼の手に妻がそっと触れる。その後が重要なんだ」

そう言われても僕には記憶がなかった。

「どう重要なんですか」汗を拭きながら訊いた。もう恥も外聞もないという心境だ。

「妻が手をにぎるのではなく、夫に手を取らせるんだ。そして夫に引かれていくように仕向けた。さりげないが、はっきりと分かる妻の愛情だ」長塚がため息をつきながらうなずいた。

人を励ますのに言葉ではなく、自分の手を引かせることで、私はあなたを頼りにしてるんだと伝える。そのことでお金よりも、大事なのは夫の誇りであることを態度で表したと、長塚は説明した。

「どうやら思い出せないようだな」

「……………」悔しくて声が出せない。

「君は、映画に出てくる夫婦をちゃんと見守っていたか」

言われるまでもなく、夫婦の物語として注視していた。二人の息づかい、距離感で心情を伝える手法が好きだったのだ。

「見てました。ほどよい距離感の、いい夫婦だと思いながら」

「それならなぜ、ソーセージだ」

「映画の見方は人それぞれでしょう？　僕の勝手じゃないですか」

長塚ではなく、床を睨み付けた。ダメだ、これではまるで反抗期の少年だ。さらに首筋に汗が滲んだ。

「それはそうだ。映画の見方を強制するつもりはない。君が帯屋のフィルムをすばらしいと言ったから、君の尺度を知りたかった」

「僕の尺度は、いかがでした」冗談っぽく言って、無理に笑おうとした。しかし顔がこわばり、笑顔にならない。

「君はいくつだ？」突然訊いてきた。

「二十九、です」そう答えて、うつむく。

「当節の二十九にしては、あんな地味な映画を観ているなんて感心だ。鑑賞眼もある方だろう。ただ、帯屋のフィルムへの見解は間違っている。あれは駄作だ」長塚は咎めるように言った。

「駄作って。そんなことないです」声を張り上げた。これ以上自分の映画を観る目を否定されたくない。

「帯屋も、駄作だと思っていたにちがいない」

「そうは思いません。あれほどの作品はないです」と言い切ったとき、不思議な感覚に包まれた。帯屋老人がとても身近な存在に感じられたのだ。

彼の作品を擁護したからなのか、それとも僕の方が帯屋老人に助けを求めていたためなのかは分からない。

「いやに惚れ込んだもんだ。しかし残念ながら、さっきも言ったように君のものではない。帯屋に返してやるんだ。そしてすべてを飲み込んでやれ」

「皆さん、同じ部隊だったそうですね。その方々が一様に飲み込めとおっしゃる。どうしてそんなにあのノートや8ミリにこだわるんですか」

「君が考えている以上に戦友というのは複雑な仲間だ。十八やそこらで、受け止められるほど戦争は単純ではなかった。それゆえ愚行もあった。若かったとはいえ、愚かしさと恥ずかしさで、夜中に飛び起きることだってある」長塚の言葉には力がこもっていた。

「帯屋さんの残したものが、恥ずかしいものだとおっしゃるんですか」

「断言はできん。けれど、我々に何も言わなかったことから推測すると、そっとしてやるのが友人として唯一できることだ。さあ、8ミリフィルムを渡すんだ」ごつい手を伸ばした。

「ここにはないです」自宅にあると白状した。

「もう仕事は終わりなんだろう？」

「終わりですが……」自宅へ押しかけるつもりなのか。

「まだ理解できないのか。他人のものを持ち帰る行為は立派な犯罪だ」長塚はデスクの電話に目を遣る。会社か、警察に連絡するぞ、という目だ。

「待ってください、一晩だけ」

一晩の猶予ではどうしようもなかった。ただもう一度8ミリが観たい。

「ダメだ」

「どうしてですか。一晩だけですよ」長塚を睨んだ。

「君を信用していない。死んだ人間の所有物を盗んだんだ」

それを言われると返す言葉がない。

「分かりました」もう諦めるしかないようだ。

僕は立ち上がった。

「やっと理解したようだな」長塚も帽子を被り、杖をついて立ち上がる。

僕は長塚と一緒に管理人室を出た。

自宅アパートに着いたとき、タクシーの中で待っていてほしい、と頼んだが、長塚は首を振った。仕方なく、狭い自宅アパートの一室に招き入れた。

「じゃあ、ここで待っててもらっていいですか」玄関で靴を脱ごうとする長塚を制止するように言った。

「上がらせてもらおう」

「散らかってるから」

僕の言うことなど聞くはずがなかった。

長塚は、さっさと靴を脱ぎ部屋に上がった。僕を追い越し、勝手に中へ入っていく。

「ちょっと待ってください」いくら狭く、汚くても僕の城だ。そこで勝手な真似はされたくない。

「中身を確かめたい」長塚は畳の上に杖をついて歩き、断りもなくベッドに腰掛けた。

無茶苦茶だ。

「強引ですね」力なく言った。

私生活に土足で踏み入られた気がする。

「土足でないだけでもありがたく思え」

帽子を脱いだ長塚は、自分の靴下が汚れはしないか、気にしているようだ。

結局何を言っても、元特攻の頑固爺には通じないのだ。

僕はカーテンと窓を開けて、部屋にこもった熱気を追い出した。そして扇風機を長塚に向けてスイッチを入れる。

「敬老精神は、あるようだな」長塚が眼鏡を外し、タオルで顔を拭った。

偉そうな物言いには、馴れてきた。敬老精神よりも、順応性があることに自分でも驚いた。

会社勤めをしているときには、まったく持ち合わせていなかったものだ。

「盗んだものはどこだ」嫌な言い方をする。

「ここに」ベッドの傍らにある段ボールを目で示した。

「見せなさい」

言われるまま段ボールを開き、8ミリの入った箱を取り出した。

「これ、です」もう抵抗する気が失せて、長塚に差し出す。

「これだけか」長塚は左手で箱を受け取り、右手で眼鏡のフレームの位置を直した。

「ええ、そうですよ」

「本当か？」眼鏡のフレームを鼻の方にずらして、その上から疑いの目を向ける。

信用のない人間は苦労する。

「本当です、8ミリフィルムはそれだけですよ」言葉を投げた。

「8ミリフィルムは、と言ったか。ということは、他にも持ち出したものがあるんだな」

僕はそっぽを向いた。また子供っぽい態度をとってしまった。

「全部、話した方がいい」長塚は子供を諭す口調になっていた。

ことさら抑制の効いた調子で言われると、逆らいにくくなる。

「実は、この段ボール箱……」

「これ全部か。あきれたもんだ」彼は箱のふたを杖で開きながら首を振った。

僕はうつむくしかなかった。上手い言いわけはまったく浮かばないし、素直に謝る気にもなれない。

「映写機に編集機」長塚が中身を覗いた。「それにキネマ旬報……」少し間を置いて「そして8ミリフィルムが一本か」静かに鼻で息を吸い込み、顔を僕に向けた。

「それですべてです」

「さて、君を信じてもいいのか」と訊いてきた。

「ここまできて、もう嘘をつく理由ないですよ」

「ノートは、あれ一冊か」

「ええ。あとはスクラップブックでした」

「スクラップ？」

「ざっと見ただけなんで分かりませんけど、中身は映画とか地方の話題とかばかりです」

「調べさせてもらうよ」長塚はベッドから畳へ座り直した。「行儀は悪いが、足は伸ばしたままで失敬する」彼は左足を投げ出す格好で、段ボール箱を引き寄せた。

腰を据えて調べるつもりなのか。

「昔のキネマ旬報は品がある」雑誌を取り上げしみじみと言った。「掲載されている映画にも味がある。いまほど鮮明な写真はないが、訴える力は強い」つぶやきながら、雑誌に次々と目を通していく。

自分の部屋なのに立っているのも妙なので、長塚の隣に座った。そして彼が見終わった雑誌を受け取って、傍らに積み上げる。

長塚は懐かしげな様子で、丁寧に雑誌を扱っていた。頑固で怖そうだった長塚が足を投げ出し、時折あげる嬉しそうなつぶやきには愛嬌さえ感じる。

「君、コンピュータグラフィックスを好いてはいないな」

考え事をしていた僕に、突然訊いてきた。

「そんなこともないですよ。きれいだし」あまり考えず、さらりと答えた。

「嘘を言わんでよろしい。嫌いなはずだ」

長塚得意の断言だ。

「また、決めつけですね」

「理由は、何だね？」

「だから、嫌いじゃないって言ってるじゃないですか」

「こんな古い雑誌を盗んだ。君の思考もいま風とは思えん」

「いま風とは思えないって言われても……。だいたい僕はまだ二十代ですよ。もうすぐ三十ですけどね」

長塚は「若いな」とつぶやき、「それで、どうして君はCGが好かんのだ？」長塚が僕の顔を覗き込む。

ちゃんと答えるまで、彼は諦めないだろう。

「ったく参ったな……。強いていえば、実写に近づけば近づくほど、かえってアニメみたいに見えてきて、それじゃアニメでいいなって思っちゃうからです」長塚の視線を避け、手にあるキネマ旬報の表紙に目を遣りながら答えた。「そんなこと言うんだから、長塚さんだっていま風の映像は嫌いなんでしょう？」

こっちだって、質問させてもらう。

「美しいものもある」

「それは僕も言いました」

「うん。しかし人間や動物を描いた場合に足りないものがある」

「それも僕の答えと大差ないじゃないですか」

「生きてるものには絶対に必要なものが、ない」

「生きてるものに必要なもの。リアリティってことですか？」

「表面上のリアリティは、健闘しておるよ」

健闘か。確かに映像技術の進歩は目を見張るものがある。

「表面上は合格なんですね。じゃあ内面？　そんなもの実写でも映らないじゃないですか」

否定的な言い方をしながらも、僕は長塚の答えを期待していた。

期待？　親父が死んでからなくしてしまった感情だ。誰にも何も期待してこなかった。自分が期待されることの窮屈さを知っていて、それを他人に味わわせたくないというような偽善的な理由からそうしてきたんじゃない。

期待するには、まず信頼しなければならない。誰も裏切られることを前提に、期待などしないだろう。

僕は基本的に人を信頼したことがないのだ。そして僕だけじゃなく、世の中のすべての人間は、本当のところ誰も信じていない、と思っている。つまり、みんな虚の世界で生きているんだ。

それなら初めから虚構に生きる方がいいと、考えるようになった。

「映っていないから存在しない、か」

「けど、見えないものはどうしようもないですよ」

「君は感動というものを他人と共有したことはないのかね」

「共有？」

一番したくないことだ。

映画は一人で観るものだと決めていた。誰にも邪魔されず、自分だけの世界で楽しむ。だから映画談義など、以ての外だ。感想や考え方、その上感動などの共有なんてありえない。

それにしても、さっきの長塚の「浮き雲」の話は、癪に障る一方でなるほどなと納得できた。長塚が管理人室に現れたときは一刻も早く逃げたい、と思っていたのに、いまはそれほど嫌だという気持ちはない。

いや、これは僕の勘違いだ。帯屋老人ともっと話をしておけばよかった、という悔恨の情が、長塚への見方を変化させているだけに過ぎない。言うなれば、長塚は帯屋老人の代わりなんだ。

年齢、同じ部隊、そして映画関係の会社に勤めていたということで、勝手に帯屋老人とオーバーラップさせているだけだ。でなければ他人と、ましてや長塚のような頑固爺とこんなに長い時間一緒にはいられるはずない。

「共鳴なら、どうだ？」

「余計、分かりません」首を振った。

「役者は生身の人間だ。生身の人間には心臓がある。鼓動はもちろん聞こえないが、間違いなく脈打っている。役者の鼓動と見てる私の鼓動が、共鳴することがあるんだ。私の息子に言うと、気のせいだと笑われるがな」

驚いた。僕が「チェンジリング」を観て感じたことを長塚は口にしたのだ。

「それ、分かる。いや分かります」僕は夢中で言った。

「分かるか。そうか」いままでにない笑顔だ。

「それです、それと同じ感覚を、僕は帯屋さんの8ミリで味わったんです」興奮してさらに体温が上がった感じがする。

「何？　こんなもので、か」長塚は、さっき傍らに置いた8ミリの箱を睨み付けた。「馬鹿な。あんなものが」

「あんなもの？」

「ちょっと待て」長塚は素早くリールを取り出した。フィルムを手にしたまま窓の方を見る。

僕はカーテンを閉め、部屋の明かりをつけた。

「この方が見やすいと思います」

強い西日だったけれど、傾き過ぎてフィルムを見るには向かない。

「そうだな」長塚は立ち上がって蛍光灯にフィルムをかざした。

「これは……」長塚が漏らし、フィルムをどんどん引き出す。その速度が、長年映画会社で働いていた片鱗を窺わせる。

「違う」手が止まって、フィルムをまき直しながら長塚が僕を見た。

「違うって、何と違うんですか」また疑われている気がした。

「いや、いいんだ。どうやら我々の思い違いだったようだ」そう言うと長塚は僕にリールを手渡し、「造作をかけた」と頭を下げた。

僕の手の中にあるフィルムから顔を背ける長塚に「どうしたんです？」と尋ねた。

何が違うというのか。我々という表現は、楠瀬や菊池のことも含んでいる。みんな帯屋老人が残した映像に、これとは違う何かが映っていると思っていた。

そして三人ともが、処分を望んでいたのだ。

墓場まで持っていくほどの映像。

三人の共通点は戦争だ。同じ部隊に所属していた特攻戦士。

「長塚さんたちは特攻隊員だったそうですね」これまでちゃんと確かめてこなかったことを訊いてみた。

「誰が、そんなことを」まなざしがきつい視線に変わった。

「菊池さんに聞きました」

「あいつ、そんなことを言ったのかっ」長塚は鋭い口調になった。

「ええ、特攻のようなもんだ、と」僕の表現は曖昧になった。

「特攻のようなもの。それなら確かにそうだ」

「同じじゃないんですか」

「似て非なるものだ」

「あくまで特攻隊のようなものってことなんですか」持って回った言い方が気になる。

「君は、変に気を回さんでいい」

「気を回してるわけではないですけど、行きがかり上……」自分の気持ちを表す上手い言葉が出てこなかった。

「帯屋の遺体を、早期に発見してくれたことには感謝しておる。しかし、それと彼の過去を詮索することとは別だ」

「詮索だなんて。僕はただ、孤独死というのもテーマにしたくて」勢いで、映像企画を持ち込むことを長塚に話してしまった。

「孤独死、確かに不幸なことだが、君の手に負えるテーマとも思えん」

断定しているにもかかわらず、持って回った言い方が鼻につく。

「何でも、あなたが正しいんですね」

「君よりは分かっているつもりだ。手に負えるものではない、と言っているんだ。無理するな」

「やってみないと分からないでしょう」珍しくポジティブな言葉を吐いている。

「じきにほころびる」

「どうして言い切れるんです?」

「君の年齢では、ピンとはこないはずだ。死なんて、遠い未来の話に過ぎんと思っているんじゃないのか」

「そんなことないです」死ぬのは怖い、と思っている。そして当然、死にたくはない。

「そうか。私は死を怖いと思っていない」

「戦争で死ぬはずだったからですか」

「そうだ。付録の人生だと常に思って生きてきている」

「付録の人生だなんて」

「そう思わんと死んでいった友に申しわけないからだ。ただ……人間というものは弱い」

僕は、長塚が見せた悲しげな表情を見逃さなかった。

「友達に悪いから、付録だと思い込んでいるんでしょう。いや無理に思い込もうとしてるんだ」

「そうかもしれん」長塚がやけに素直に認めた。「とにかく、人間の死を扱いたいのなら、地に足つけて生きることから始めるんだな。生き様が死に様なんだから」と言って杖を持った。

「帯屋さんは、どんな映像を撮ったんですか」

「話は終わりだ」

「みなさんが気にするような映像を、帯屋さんが撮ったんですよね。この8ミリではなく」

「遺品を持ち出した件、飲み込んでやろう」僕の言葉を無視した。

「……じゃあ、これも？」これ以上訊いても無駄だと思った僕は、リールを示して尋ねた。

長塚はうなずき、杖を握り直す。「映画の話をしたのは久しぶりだった。昔を思い出して、楽しかった」

「僕も……」

長塚はゆっくりと玄関へ向かった。

「あの長塚さん」

「うん？」長塚が振り向いた。

「この8ミリは、傑作ですよ」

それだけは言っておきたかった。映像について、自分の気持ちを分かってほしいなんて思ったのは初めてだ。

長塚は返事をせず、僕の顔を一瞥しただけで外へ出て行った。

僕は深呼吸して、雑誌を急いで段ボールに戻した。そして警備のバイトに出る用意をした。

9

帯屋老人が荼毘に付されたという連絡が市からあった。帯屋を知る民生委員などと行政の人間が立ち会ったそうだ。どうやら兼松も参加したらしい。

遺骨は、警察が押収した貴重品などと一緒に生活福祉課に保管するということだ。担当者は、五年待って血縁者の引き取りがない場合、無縁仏として合同墓地に安置すると言った。五年間は、帯屋老人の遺品はお前のものではないと言われたような気持ちになった。遺品泥棒？　嫌な響きだ。

それでなくとも僕は長塚に会ってからずっと頭が混乱していた。彼に言われた「死なんて、遠い未来の話に過ぎんと思っているんじゃないのか」という言葉を、ふと思い出しては考え込んでしまう。

遠い未来の話だという風に思い込もうとしていることに、気づかされたのだ。学校時代も友人は少なかった。卒業後は、逃げ出すように松江を出たから、当然知り合いもいない。仕事に就いてからはさらに人を遠ざけてきた。気分的には天涯孤独だ。寂しいと思うときもある。いや、ひょっとしたら毎日寂しいのかもしれない。自分のことなのにはっきりしないのは、ずっと誤魔化してきたからだ。

社会との関わりも一介のアルバイトには透き通るように薄い。僕なんかが一人消えても誰も気にもとめない。そんなことを思う瞬間が、何度もある。それを映画を観て忘れるようにしてきたんだ。

帯屋老人は、一日二日で僕に発見された。僕がアパートで死ねばひと月は放置されるにちがいない。家賃滞納による管理会社からの督促日が、命日となる。

腐敗して、もう僕なのかどうかも分からなくなっているかもしれない。「バイオハザード」のゾンビの顔を想像した。確かに惨めかもしれない。

孤独死をテーマにしようとしているのは、一種の怖いもの見たさのような気がする。

そうだ、ホラー映画を一度観出したら、エンドマークを確認しないと余計に怖いという感覚に似ている。

たぶん帯屋老人の孤独死を僕の中できちんと終わりにしたいのだと思う。

中途半端で終わりにする方が、うんと怖いから。しかし、何に対する恐怖なのかが、僕自身も分からないでいる。

ぼうっと考え込む時間が増えていた。

お盆を過ぎた頃、ニュー千里アパートで立て続けに二人の高齢者が亡くなった。不幸中の幸いだったのは、僕が担当する棟ではなかったことだ。頭の中が、帯屋老人のことでいっぱいで、この上孤独死を抱え込むなんて、たまったものじゃない。

二人の遺体の引き取り手はあったようだが、遺族の要請で遺品の整理は業者が行ったという。甲山の話では、親族の態度は厄介者扱いだったそうだ。

「惨めやな。せっかく一所懸命子育てしても、最終的にはほかされてしまうんやから。家族なんて、いてもいいひんかっても大差ないのかもしれへんで」

何があったのか、電話の甲山は笑わなかった。転居させる手間が省けたと、冗談の一つも飛び出すと思っていた。

それどころか「今年の夏休みは、田舎のお袋の顔を見に帰ろかな」としおらしいことを言い出した。

「田舎って」

「丹波篠山の山奥の集落や。それこそイノシシとか猿がおるようなとこに実家があるねん」

初めて聞いた話だ。僕は甲山の個人的なことはまったく知らなかった。

「門川もたまには実家に帰ったれよ」

「甲山さんはどうして大阪に？」そんなこと、訊くつもりではなかった。ただ僕の実家に話が及ぶのを避けたかっただけだ。

「高校から京都に出てきた。大学までエスカレータで上がって大阪で就職や。戻ってもな、就職先がないさかいな」

その後しばらく、学生時代は資格マニアだったことや、就職活動の苦労話、さらには不動産業界に抱いた夢などについての話を聞かされた。

「まあ、ようは故郷のお母ちゃんを大事にせえちゅうこっちゃ」とまったく甲山らしくない紋切り型の台詞で電話を切った。

山奥の集落と聞いて、映像に映ったリヤカーの女性の顔を思い浮かべた。

帯屋老人が撮った映像をどう見せるか。それがドキュメンタリー映像の肝のような気がする。そのためには、あの現場に立たねばならないだろう。そしてできればあの被写体とも会ってみたい。

あの女性が和美だと思っていたが、そうではなかった。もしそうなら長塚がフィルムを置いて行くはずはないからだ。あれほど和美に神経質になっていたのだから、必ず持ち帰って処分するはずだ。

帯屋老人は、ただただ消えゆく故郷を残したかったのだ。いわば彼女は古里を象徴する女性だったのだろう。

四十年ほど前に、帯屋老人はカメラを携えて故郷に戻った。そのときあの女性を撮影したとするならば、現在の年齢はいくつになる？　映像を観る限り四十代だから八十くらいか。

彼女が生きていて会えれば、帯屋老人のことを聞くことができる。

問題は、どうやって被写体を見つけるかだ。

まず帯屋老人の故郷を特定する必要がある。彼の戸籍謄本を当たればいいのだが、素人の僕では難しい。

念のために調べてみると、弁護士、司法書士、土地家屋調査士、税理士、社会保険労務士、弁理士、海事代理士また行政書士が職務上請求する場合は認められているのが分かった。人付き合いのない僕には心当たりはないし、依頼するにも先立つものがない。

やっぱり僕には手も足も出せないってことだ。

昭和四十二年の賃貸契約書には、当時の住所である淀川区十三東四丁目の萬栄荘が記載されている。そこからニュー千里アパートに転居する際に、長塚が保証人になった。

帯屋老人が戦争から戻ってから二十二年間、この萬栄荘に住んでいたのだろうか。せっかく故郷に戻ってきたのに半年ほどで離婚したと、兼松は本人から聞いている。ということは離婚後に萬栄荘で暮らしていたということか。

そんな古い記録が残っているわけないか。

とにかく管理人室のパソコンで萬栄荘の名前や住所を入力して検索してみた。すると一件ヒットした。

萬栄荘は、十三東の〈みそのハウジング〉という不動産会社の仲介物件であることが分かった。

躊躇していても仕方ない。みそのハウジングに電話することにした。

「もしもし、お訊きしたいことがあるんですが」

僕は昭和四十二年に萬栄荘を出た人間を捜しているのですが、と電話に出た男性に説明した。

するとすぐ、責任者と名乗る年配と思われる男性に換わった。

「そんな古い記録はありまへんな」つっけんどんな言い方だ。

「実は、孤独死をされた方の肉親を捜しているんです」この言葉は、不動産会社なら身につまされるはずだ。

「孤独死って……あんさんも同業者でっか」

やはり食いついてきた。

「ニュー千里アパートで管理業務をしている者です。協力してくださいませんか」大げさな嘆き声を出した。

「そない言われてもな。四十三年も前の話やからな」困った声を出したが、同業者として少しは考えてくれているようだ。

「萬栄荘は私の恩義ある方の持ちもんやさかい、古なってもどうにかこうにか存続させてるんやけど、とにかく老朽化が進んでます。そやから言うのでもないんやけど、住んでるもんかて高齢者ばかりで、昔なじみばっかり。それにたった六家族やから、契約書やなんて、もうだいぶん前からあってないようなもんでんねん。二年に一ぺんの更新かて、それこそ亡うなってへんかどうか確かめるくらいのもんになってますんや」男は、年金受給者の現況調査を行政に代わってやってるようなもんだ、と言って笑った。

「では、書類が残ってるなんてことは」

「ありえまへんな。物件も住民も老朽化してますさかい、あんさんの大変さ、よう分かりますんやけど、お役に立てまへんな」

「あの、帯屋、帯屋史朗という名前に聞き覚えは?」彼が切ろうとした電話に、もう一度声をかけた。

「なんだす？　亡うなったん、帯屋はんでっか」声のトーンが変わった。明らかに知ってい
る口調だ。

「ご存じなんですね」受話器を強く握った。

「知ってるも、知らんも……」

「どうしたんですか」

「そうでっか、亡くなりはりましたか」呻り声で言った。「いや、ホトケさんのことは悪う
言いたおまへんのやけど、やっぱり孤独死かって思いましてな」

「やっぱり？」聞き返した。

「すんまへんな、あんさんには関係ないことや」

「教えてもらえませんか」さっきよりも困った声を出した。

「そやからホトケさんのことは……」

「遺品の整理ができないんで、帯屋さんを知ってる方がいらっしゃるならどなたでもいいん
です。とにかく調べたという努力の跡をみせないといけないもんで」

「難儀なことでんな。誰も引き取り手なんておまへんやろな、帯屋はんに限って。人付き合
いは悪いし、酒乱やったから」

「酒乱だったんですか」

「毎日深酒でな。何にも喋らへん得体の知れん人間ですわ」

「得体は分かっていますよ」僕は、帯屋老人は映写技師として十三の映画館に勤めていた、と言った。

「そうらしいけど。酒飲んでは、周りに当たり散らして往生しましたで。保証人さんがおったさかい萬栄荘に入ってもろたんですけどな」保証人が間に入っていなかったら、入居させなかったという口ぶりだ。

兼松から聞く帯屋像、そして僕が会ったときの印象、そして部屋の様子から想像できる暮らしぶり、それらと随分違う。

「保証人というのは、もしや長塚という人ではないですか」

「それは言われしまへん。決まりですさかい」

「昭和四十二年頃に住んでいて、帯屋さんをご存じの方はいらっしゃるんですか」さっき男が言った、住む人間が老朽化しているという言葉を思い出した。

「ああ、一人おりまんな」

「その人に話を聞けないですか」小さな手がかりだっていまはほしい。

「わたしから紹介したとは言わんといてくださいな。あんさんが訪ねていかはるんは勝手ですけど」

「分かりました。そのようにしますのでお願いします」電話口で僕は頭を下げた。迷っていたようだけれど、彼は電話を切る前に一号室の村木、という男性の名前を教えてくれた。

今年の夏は、ともかく暑い。午前中で体力のほとんどを使い果たし、正午を過ぎる頃になると身体がだるかった。その真っ昼間に何とか気合いを入れ直し、十三東にある萬栄荘へと向かった。

阪急十三駅から淀川通りを三百メートルほど東に歩いて南へ折れる。そのまま淀川に向かって三筋めを左に曲がったところに萬栄荘はあった。木造の平屋で、一軒家なら大きな屋敷という感じだ。僕のアパートの近くにある銭湯の、屋根を低くしたような外観だった。

玄関の引き戸を開けると左手に下駄箱があって、正面には廊下が延びている。廊下の左右に三つずつ部屋があった。

靴を脱いで下駄箱にしまい廊下へ上がった。左側、一番手前の部屋のドアには表札はなく、柱の小さなプレートに一号室とあった。ここに村木という男性がいるはずだ。

プレートのすぐ下にある呼び出しブザーを押した。

「いらんって言うてるやろ」中から聞こえてきた声は穏やかではない。セールスマンとでも思っているのだろう。

「突然すみません。僕は物売りではありません」

「なんや？」声の主がドアの近くまできているようだ。

「以前、この萬栄荘に住んでおられた帯屋さんのことで、お訊きしたいことがあるんです」

「帯屋、あの帯屋さん。なんかやったんか」村木が訊いてきた。

「いえ、先日お亡くなりになったんです」

「死んだんか、帯屋のおっさん」つぶやきながら村木がドアを開け、顔だけ出した。

村木は六十代なのだろうが若く見えた。髪の毛が黒々として鼻筋が通り、細身で長身だ。

クレージーキャッツの犬塚弘を思わせた。

「ほんまに死んだんか。香典詐欺ちゃうやろな」ぎょろ目で僕を見下ろす。

「僕、帯屋さんが住んでいたアパートの管理業務をしている者です」会釈をしてから、事情をかいつまんで話した。

「それでわしに何の用や」

まだドアは半開きのままだ。

「帯屋さんのお身内を探してます」そう言った方が分かりやすい。

「わしに訊かれてもな」

「分からなければそれでいいんです。どこまで調べたかが僕には大事なんです。僕を助けると思って、お願いです話を聞かせてもらえませんか」すがる目で言った。村木からすれば僕は、孫というより息子に近い。親父に頼み事をする気になればいい。

親父に頼む？　その感覚が分からない。なぜだ。孫になれ、と言われれば分からないなりにイメージできた。演じることもできたのに、息子にはまったくなれない。子供の頃の親父を思い出そうとしたが、出てこなかった。

「嘘でもないようやな。部屋は散らかってるさかい、外で待っててんか」村木はそう言って引っ込んだ。

「ありがとうございます」

玄関先で待っていると、村木は歳に似合わないTシャツにGパン姿で現れた。散歩コースがあるから、と言って歩き出す。

五分ほど黙って歩くと淀川の河川敷に出た。川風を期待したが、熱風しか吹かず涼しくはなかった。

「急なことやったんやな？」村木はまぶしく光る川面を見ながら訊いた。歩む速度が遅くなったけれど立ち止まる気配はない。

「ええ、それまでは元気だったそうですから」

「不摂生がたたったんかな」

「そんな様子もなかったと思うんですけど」質素な暮らしぶりだったように見受けられた、と遺品整理のときに見た感想を述べた。

「ほうか。ほな、ほんまにあれから気持ちを入れ替えたんかな」

「あれから？」

「引っ越すときや」

「昭和四十二年ですね。その年にうちのアパートに引っ越してこられましたんで」まるで自分が所有している物件であるかのような言い方をした。

「千里か、あそこの竹林がぎょうさん開発されたんや」村木は立ち止まった。「実はあの丘陵には、旨い水があったんや。雨が竹笹を通って、その網の目のようになった根っこと山の地層で漉されたええ水や。もうなくなってしもたやろな。都市整備は大きな話題やけど、わしらにとっては大阪市営地下鉄の東梅田から谷四まで開通されたことの方が忘れられへん出来事やった」自分はその工事にかかわってたからだ、と言った。

谷四とは、谷町四丁目のことだ。

「わしはまだ二十三歳やった。けど工事のお陰で懐は温かったで」村木は十八歳で香川から出てきたのだそうだ。

「萬栄荘には、四つ上の兄貴と住んでたんや。ちょうどわしが五年住んで馴れた頃、帯屋のおっさんが出て行きよった。おっさんは十八も上やったけど、よう一緒に飲んだんや」

「酒癖が悪かったんでしょう？」酒乱とは言いたくなかった。

「みんなは酒乱やとか中毒って言うてたな」

「違うんですか」

彼はみんなと違う印象を持っているようだ。

「おっさんは、なんでか知らんけどわしを可愛がってくれた。おっさん、十三の映画館で働いとったんやけど、タダで映画を観せてくれよった」帯屋老人は村木を映写室に入れて、そこからスクリーンを観せたという。

「酒もおごってくれたし、食いもんかて……。そやからみんなほど嫌いやなかった。ちゅうより引っ越しよるときは寂しかったわ」

「他の人からは嫌われていたんですね」

「そやな。意味もなく叫ぶし、止めに入ったら投げ飛ばしよるんやさかい」村木は背負い投げのような格好をした。

「そんな乱暴を」

「わし以外の、人間にはな」

彼は得意げだった。

「引っ越すことになったのは、乱暴だったからですか」

「いや、それは萬栄荘の持ち主が……」村木が口をつぐんだ。

「持ち主と揉めたんですね」

「反対や」

「反対ってどういうことです？」長身の村木の顔を見上げた。

「わしかてよう分からへんのやけど、たぶん帯屋のおっさんのためを思て、引っ越しさせたんと違うかな」

やっぱりよく分からない。もう一度その意味を訊いた。

「おっさん本人かて、萬栄荘にいたら甘えてしまうから、出て行った方がええんやって言うてた。それを聞いて、長塚さんもそないしたんやと思いまんな」

「長塚さん！」驚きのあまり大きな声を出してしまった。

「何やびっくりするやないか。萬栄荘の持ち主や。その長塚さんいう人は、代々の土地持ちですわ」

「長塚さんなら、うちのアパートに帯屋さんが入居されたときの保証人です」早口過ぎて、村木にちゃんと聞き取れたのか心配になって、彼の顔をじっと見た。

「そうでっかいな。ほな、なんやかや言うてもそこまで面倒を見たんやな、長塚さんは」彼はうなずきながら、自分だけで納得している様子だった。

「帯屋さんは、萬栄荘にいたら甘えてしまうって言ってたんですね」

萬栄荘では甘えていて、ニュー千里アパートならそうではなくなるというのだろうか。しかも一〇三号室は、当時できたばかりのニュー千里アパートで最も高い部屋のはずだ。

「本心はともかく、そない言うてたで」

「分かりました」それは長塚に確かめるしかない。僕は話を続けた。「帯屋さんは、ご自分の家族のことを話しませんでした？」

「酔ったときに、わしを誰かと間違えて呼んだことはあったな。それ誰やって訊いたら、大事なヤツで、大馬鹿もんやって言うてた。言い方から見て、あれは、おっさんの身内やったんかもしれへんな」

「ひょっとしたら和美って言ったんじゃないですか」

「カズミ？　そんなような名前やったかもしれんな。カズミ、カズミ……」何度か繰り返して当時を思い出そうとしていた。

「似てる気がしまんな。うん、おっさんのこれの名前かいなと思た記憶があるさかいな」村木は小指を立てた。

「奥さんのことは何も言わなかったんですか」

「嫁はんなんか、おっさんにはおらへんかったで」

帯屋は離婚したことを言わなかった。なのに和美のことは忘れていない。秋田県であることは分かってるんですが」

「帯屋さんが生まれ育った故郷のことを聞いたことないですか。秋田県であることは分かってるんですが」

「聞いてへんな。おっさん、自分のことは何も言わへんかったさかい」村木が言葉を詰まらせた。「飲んでも映画の話ばっかりや。けどな兄ちゃん、わしおっさんの話、好きやった」

そう言うと青空を見上げた。

帯屋老人を思い出して涙を見せたのは、兼松と菊池、そして目の前の村木で三人だ。

「村木さんの他に、親しい人はいました?」

「長塚さんを除いては、わしが知ってる限りおらへんやろうな、みんな嫌がってたさかい」

村木は淀川を眺めたまま言った。

「そうですか」僕も川に目を遣る。

「そや、映画館の売店の女の子」村木が顔を向けた。

「その女性と親しかったんですか。何という方です?」と訊いた。

「美衣子《みいこ》や。とくにおっさんと親しかったわけやないけど、休憩のとき映写室によう遊びにきとったわ。そうや思い出した、懐かしいな。わしかて兄ちゃんみたいに若かった」と微笑んだ。「当時高校生のバイトやった。夏休みとかにしかきよらへんのやけど」村木は美衣子の漢字まで覚えていた。

「高校生のバイトで美衣子さん」メモを取った。

「近くのK高校の子やった。外国映画の台詞を翻訳する仕事に就きたいんやって。なんやそないなことを勉強するクラブに入っとったな」

「よく覚えてますね」適当なことを言っているのではないかと、急に詳細を思い出した村木に疑念を抱いた。

「兄ちゃんも、察しが悪いな」村木が照れ笑いを浮かべ、自分の耳たぶを指で揉む。

「はあ？」

「いま言うたやろが、わしも若かったちゅうて。わしは二十代で、その子は十六、七や。ほんで、わし好みの丸顔の可愛《かい》らしい女の子がおるねん。分かりそうなもんやろ」

村木は美衣子に恋心を抱いていたということか。

「ああ、そうですね。女性の名字の方は？」

「さあ名字な。わしら美衣子ちゃん、美衣子ちゃんって気安う呼んでたさかいな……」

「思い出せませんか」

「四十三年も前のことや。あかん出てこえへん。悪いな、兄ちゃん」二度ほど頭を叩いて、片手で僕を拝んだ。

「いえ、こちらこそ。ありがとうございました」

礼を言って、そこで村木と別れた。

美衣子は四十三年前に十六歳とすると今は五十九歳だ。K高校の卒業生と聞いて、〈ライフメンテ〉の親会社〈千里興産〉の営業部を思い出した。

甲山の話だが、そこの営業部は団塊の世代向けの営業を強化していて、膨大な情報を所持しているらしい。そこから抽出した名簿を元にテレホンアポイントメント作戦を展開しているという。

名簿作成に当たってたくさんある情報収集方法の一つに、卒業アルバム追跡があると言っていた。もしかするとK高校のものもあるかも知れない。

さんざん迷ったが、管理人室へ戻った僕は、甲山に相談してみることにした。

そのための理由が必要だ。いい加減そうだが勘の鋭い甲山に悟られると面倒なことになる。根掘り葉掘り訊いてきて、挙げ句に人を小馬鹿にするに決まっている。

そうだ、営業につながるような話なら乗ってくる可能性が高い。彼は儲け話が何より好きで、その点が会社の方針とマッチしていると普段から言っていた。

少々乱暴な話をでっち上げようと考えた。

「甲山さんに相談があるんですが」電話に出た甲山に、そう切り出した。

「万事受け身の門川が、何や？　借金の話やったらお断りやで」

やっぱりひと言多い。

「ある情報を得たんです。ひょっとしたらいい話になるかもしれないと」曖昧な言い方をして様子を見た。

「いい話？　儲け話か」

「K高校の卒業生で、今年五十九歳の人たちが投機目的の物件を探しているらしいんですよ」考え抜いた台詞だ。

「ほう、門川が営業か」

笑っているようだ。

「洋画の台詞を翻訳するクラブの人たちなんですけど」

「門川、何を考えてるんや」

「ですから、投機目的の物件情報をその方たちに提供すれば」

「何を企んでる？」僕の言葉を最後まで聞かずに、彼が言った。

「………」

同じことを二度言う勇気はなかった。

「嘘がへたやな」

「嘘なんて……」

「人生は連続ドラマや」

「連続ドラマ？」

「そや。連ドラのキャラが、突然変わるっちゅうのはアカン。違和感あり過ぎで、見てる方がうろうろする。門川が投機物件の話するなんてこと、あり得へんこっちゃがな。ほんまのこと言え」

やはり甲山には通用しなかったか。

「企みがあるわけではないんですけど」何をどう話せばいいのか分からなかった。それに正直に帯屋老人のことを調べていると言ったところで、僕の話を分かってもらえるとも思えない。

「転居の覚え書きの方も進んでへんしな。ニュー千里アパートだけが再開発の対象やない。その他の物件は、急ピッチではかどってるで」この仕事、門川には向いてないかもな」

「クビになるんですか」帯屋老人のことを調べるのに、

「通常のメンテは頑張ってるからな。門川の評判も悪うはない。すぐにクビいうのも無茶な話やろう?」

「そんなこと、僕に訊かれても困ります」

「いまほんまのこと話したら、考えんでもない」

正直に言えば叱らない、という罠に、僕は何度もはまってきている。

「笑いませんか」

「よっぽどオモロないと笑わへん。大阪の人間の笑いの偏差値は高いで」と言って自分の言葉に、甲山の声はすでに笑いを含んでいた。

甲山の笑いの偏差値は、けっして高くないと思う。

「実は、帯屋老人をテーマに映画を撮りたいと思っているんです」孤独死に遭遇した人間だけにしか表現できないドキュメンタリーを制作したい、と正直な気持ちを話した。

ただ、帯屋老人の遺品を持ち出したことだけは、さすがに言えなかった。

携帯を耳から遠ざけた。彼の嘲笑を聞きたくなかったからだ。

「どこまで調べたんや」耳から離した携帯に甲山の声が漏れてきた。

甲山は笑っていない。慌てて電話を耳につけた。

「帯屋さんの保証人、長塚という人に会ったり、戦友の人たちから話を聞いたり……あと前に住んでたアパートの住人にも会いました」そう言ってから話した内容を伝えた。ズンドコの歌詞や和美への謝罪の文章は、戦友たちから聞いたことだと偽った。

「けっこう探偵してるやないか」口を挟まず黙って聞いていた彼が、真面目な声で言った。

「変に思うかもしれませんが、僕は真剣なんです」笑われていないのにそんな言葉を彼にぶつけた。

「別に変ちゃうやないか。門川は孤独死に衝撃を受けたんやろ？」

「そうですけど」何か変だ。どうも調子が狂う。

「門川がどんだけ映画を作る力を持ってるのか、よう知らん。そやけどやる気を持ってそれだけ調べたんや。わしは評価する」

「えっ」信じられない言葉を聞いた。甲山の口から、僕に対して褒め言葉が発せられた。何かを企んでいるのは甲山の方かもしれない。

「オモロイやないか。仕事に支障のない範囲でおおいにやれよ」

「あの甲山さん、何かあったんですか」気持ちを落ち着けながら尋ねた。いったい何を目論んでいるというのだ。

「何もあらへん。で、その美衣子はんを探して、門川はどないしたいんや」

「彼女は帯屋さんのいる映写室に行っていたようなので、自分の生まれ育った場所について聞いてないかなと思ったんです」

「ようは、帯屋はんの故郷が知りたいんやろ？」甲山はいとも簡単に言った。

「そうなんですが」

「戸籍謄本が手っ取り早いな」

「そりゃあそれができれば……」ため息混じりに漏らした。

「よっしゃ、わしが一肌脱ごうやないか」彼らしい笑い声を出した。

「しかし……」それができれば苦労はしない。

「声が暗いな。笑て生きよや、門川くん」

不動産業界にいる甲山が、戸籍謄本の閲覧の難しさを知らないはずはない。

「甲山さんに何か考えがあるんですか」あまり期待せずに訊いた。

「考え？　そないなもんいらん、いらん。申請したらええねん」

「申請したって見せてくれませんよ」

「門川、わしの名刺見たことないんやろ」

「貰ったことないですから」いまさら自己紹介でもする気なのか。

「そうやろな。ファクスしたるわ」

「別に、いいですよ。僕だって甲山さんのことはよく存じ上げてますから」と言ったとき、甲山は電話を切っていた。

実際に何かを送ってくるつもりだ。僕も受話器を置いてファクスに目を遣る。

管理人室にファクスの音が響いた。ご丁寧に名刺を拡大して送信してくれている。

〈株式会社ライフメンテ営業部部長、甲山南《みなみ》〉部長であることは以前から承知していたが、彼の名前が、南だったなんて知らなかった。

ファクスには名刺の裏もあった。そこには〈宅地建物取引主任者、二級建築士、土地家屋調査士〉といった不動産関係の資格が並べてあった。

「あっ」声を上げた。そしてすぐ甲山に電話をかけた。

「おお、名刺見たか」と甲山が出た。「そこにな」

そう言いかけた彼の言葉を遮るように「甲山さん、よろしくお願いします。帯屋さんの戸籍謄本を申請してください」と頼んだ。

「そうか、どうやら、わしの言うたことが分かったようやな。将来独立するための武器なんや」

「まったく知りませんでした。甲山さんが土地家屋調査士の資格まで持ってたなんて」まだ若いのに部長で、なおかつ僕の目から見て好き勝手をしている甲山。超難関の資格を持っていたのだ。

10

相談した五日後、甲山は帯屋老人の戸籍謄本の写しを持って管理人室へやってきた。彼が何を企んでいるのかは分からないが、肩書きの絶大な効果には感謝だ。

「ありがとうございます」写しを受け取り、パイプ椅子を彼に勧めながら頭を下げた。

「気にしな」甲山が目を細め、えらが張った四角い顔をほころばせる。椅子に座ると大仰に足を組む。長身の彼は、足も長かった。彼は、僕から見ても上等だと分かる空色のサマースーツを着こなしていた。

好きではなかった容姿だけれど、いまは頼りがいを感じている。人間の気持ちというのも、ちょっとしたことで変化するものだ。自分の心だって、すべて理解できているとは限らないと思った。

早速僕は戸籍の写しに目を通す。見慣れないため、どこに何が書いてあるのかよく分からない。数字はすべて漢字で、しかも旧字体だ。

「帯屋はんが十三の萬栄荘の住所へ本籍地を移したとき、新しい戸籍が作成されてる。そこに書かれている出生地は、秋田県十和田大湯字○×木下‐3。父徳治朗、母ウメ、長男は一朗、長女加代、帯屋老人は大正十五年三月三日に次男として生まれた。昭和十九年八月一日、鹿角市八幡平字老沢で昭和三年五月九日に生まれた旧姓浅利ひさはんと結婚してる。けど二十一年二月二十日に別れた。短い結婚生活やな……。二人の間に子供はおらへん。以後一度も婚姻せずや」驚いたことに、甲山は帯屋老人の戸籍を諳んじていた。「帯屋はんの生誕地は昭和四十七年に消滅。門川が菊池はんに聞いた8ミリの話、消滅する村を撮りに帰るいう話は符合する」

甲山には、菊池の家に立ち寄ったのは帯屋老人が消えゆく故郷を8ミリに収めるためだということにしている。あくまで8ミリフィルムのことは伝聞で、直接は知らないことになっているのだ。

「ということは、消えてしまう前の大湯字○×を撮りに行ったと見ていいんですよね」自分自身に念を押した。大湯字○×にあの女性はいたのだ。

「統合された村の役場に訊いてみたさかい、帯屋はんの故郷の場所は分かるで」甲山は頭に両腕を上げて伸びをしながら、ものついでといった感じの言い方をした。彼の照れなのか、それとも自分ならこれくらい朝飯前だと言いたいのだろうか。どっちにしても仕事がはやい。

「本当ですか」

「ああ。簡単なこっちゃ」

「凄いですね」

「で、いつ行くんや」

「急にいわれても……」せっつかれても僕には自由になる時間がない。

「門川のスケジュールでいうたら、この週末がええんちゃうか。ローテーションを上手く調整して、バイトを一日休むと二泊三日の時間ができるがな」甲山は椅子の背にもたれ、デスクの前のカレンダーを見ている。

「夜の方が」警備のバイトがある。

「そやから、ローテーションを上手く調整してと言うたんや。そっちかてうちの関連会社なんやから、何とかできるやろ」

「そうですかね」甲山の強引さに不安を感じ始めた。

「何や、調べに行く気ないんかいな」甲山が背もたれから身体を起こした。

「いえ、そういうわけじゃないですけど」

「けど、何や」そう言ってから「分かった。わしの対応に疑問を感じてるんやな？」

「正直言って、引っかかってます」この際、聞いておいた方がいいだろう。後々揉めると、損をするのは立場の弱い僕の方だ。

甲山が組んだ足を床に戻した。ネクタイを緩めて、それほど長くない前髪を掻き上げて僕を見つめる。

「すみません、せっかく協力して貰ってるのに」怒らせてはいけないから、頭を下げた。

「謝らんでもええ。人生は連続ドラマやって、言うたんわしの方やもんな。キャラが変わりすぎたか」甲山は苦笑いを浮かべた。

「いえ、そんな……」

「しょうがない。白状するわ」甲山は立ち上がり、出口近くにある小型冷蔵庫を開けた。

「何もないのか」と言った。

「缶コーヒー買ってきます」僕は立ち上がった。

「かまへん、かまへん。わしが買うてくるから」と言うと甲山はすぐに部屋を出て行った。いったいどうなってるんだ。あれほど偉そうな甲山が、自ら動くなんて。僕は落ち着かず部屋をうろついていると、彼が缶コーヒーを二本持って戻ってきた。

「ほい、微糖でよかったか」と缶を放り投げた。

「ありがとうございます。遠慮なくいただきます」冷えた缶が心地いい。冷房で喉が渇いていたから、すぐに飲みたかった。

「実はな、わしもいろいろ考えるところがあってな。というのは嘘で、親会社、つまり千里興産の方から新しいパブネタを提案せいって言われてるんや」

「パブネタ？」

「パブリシティのネタや。わざとらしい広告やのうて、宣伝しながらマスコミが飛びつくネタのこっちゃ。そのアイデアを練ってるときに、門川が妙な嘘を言うてきたんや」

嘘じゃない、大義名分と言ってほしい。

「元特攻兵士の帯屋はんの死、その人生を追うて、それをドキュメンタリー映画にする。これは、ええパブネタになるとピンときた」甲山はキザに指を鳴らす。刑事役をした田村正和のようだ。

「孤独死ですよ。それに特攻のようなことをやる部隊ということです」

「特攻は特攻やろ」

「それはそうだとして、孤独死を取り上げたドキュメンタリー映画が、千里興産の宣伝につながるんですか」マイナスに働いてもプラスになるとは思えなかった。

「工夫せな、マイナスイメージしか持たれへんやろな」甲山は自分の言葉にうなずく。

「どういう風に工夫するんですか」僕の撮る映像を台無しにされてはたまらない。

「千里興産は、これからさらに高齢者向けマンションに力を入れる。その際、医療と介護に加えて看取るというサービスを付加するんや。具体的には、成年後見人制度の導入や。遺言状を作成して安心して旅立ってもらう。ただ、それだけを宣伝しても効果は薄いさかい、門川の撮ったドキュメンタリー映画を使いたいんや」

「使うっていうのは、どういうことです？」

「どんな企画も動機付けちゅうのが必要なんや。ああ、なるほどそういう考えで千里興産は、高齢者の不安と向き合ったんか。その結果安心できる終の棲家には、医療、介護に加えて看取りが重要やと思いよったんやってな。付け焼き刃ではのうて、ちゃんと考えて運営してるって感じが伝わるやろ」

「それは、そうですが」

確かにきちんとした理念があるように思う。しかし僕の映像の役割がつかめない。

「門川の映像は、ひとりの高齢者の孤独死を追うんやろ？」甲山が、改まった口調で訊いてきた。

「孤独死そのものじゃなく、そこにいたるまでの帯屋さんの人生というか……」

まだ僕の中でも、詳細な映像の構成が組み上がっていない。

「どっちゃでもええんや。孤独死を経験して、それを真剣に受け止め、ドキュメンタリー映像まで制作したという事実が大事なんや。そして千里興産はこれからの高齢者住宅にこそ必要なものについて考えました。理想の終の棲家への提案ですって持っていきたい。流れとしては自然やろ。ほんで、門川にもええ話がある。できがよければ会社がスポンサーになる。どうや？」

「スポンサーということは、お金を出してもらえるということですよね」と言った。我ながら卑しい質問だ。

「当然や。ただし、千里興産のマイナスになることは割愛してもらわんとあかん」

「事前のチェックもあるということですか」

甲山はうなずいた。

「あの、お金はいつ？」

会社のマイナスにつながらないようにするということは、僕の主張も曲げないといけない場面が出てくるかもしれない。もしそうなると、ドキュメンタリー独特の牙を抜かれる可能性がある。

それは社会性を失うことに他ならず、世の中への訴求力をもがれることになる。早い話がドキュメンタリー映画として価値はなくなるのだ。

僕の作品をそんな無価値なものにしておいて、スポンサーにもなってもらえない上に、金銭的な補助もないなんていうことになっては困る。

反対に、ある程度の前金が手に入れば、身動きが取りやすいし、少しでもいいものが作れそうな気がする。

「前金か。それは金額にもよるな」甲山は席を立って腕を組み、室内をうろつき始めた。いかにも思案中だ、というポーズにしかみえない。

「編集とか構成に口出しされるんですよね」

「金を出す以上、多少はな」

「後になって、やっぱりお金は出せないってことになったら」

「分かった。ほなこうしよう。詳しい構成、台本みたいなもんで金銭的なことは判断するっちゅうのはどうや。門川も映像のプロとは違う。会社にもリスクがあるんや。ただうちの会社の人間で、管理人をしていた。なおかつ遺体の第一発見者という点で、わしは適任やと思ったんや。何やったら、プロの制作会社に頼んでもええ。その場合、門川はただの証言者の一人や」

「そんな……」甲山を信じた僕が馬鹿だった。

結局は経費をかけないで、会社の宣伝をしたいだけなのだ。

「悪いようにはせえへんから」

甲山の常套句だ。

「いつまでに」がっかりしながらも、そう言うしかなかった。

「そうやな、できれば今月中に企画書とパイロット版を上げてくれ」

「そんな。十日ほどしかないじゃないですか」抗議の声を上げた。

「まあ充分やろう。名刺はないと困るやろからパソコンで作っとけ。肩書きはライフメンテ管理部とでもしといたらええ。ビデオカメラはこっちで用意したるから、ほな頼んだで。おう忘れるとこや、これが大湯字○×への行き方やから」甲山はメモを僕に渡し、「散髪しておいた方がええな」と言ってそそくさと出て行った。

僕は四つ折りのメモを開いた。そこにあったのは合併後の役場の連絡先だった。

新幹線で盛岡へ行き、そこから在来線で鹿角花輪駅まで行く。それだけで約八時間かかった。その日は駅の近くのビジネスホテルに宿泊し、翌朝九時にタクシーで十和田大湯字○×木下−3へ向かうことにした。

いったん市役所に立ち寄り、すでに消えた十和田大湯字○×に籍のある帯屋家のことを尋ねた。帯屋家は昭和四十六年に市内大湯へ移転していた。

村というより集落が消滅するときは、一斉に集団移転するものと思っていたが、そうでもないらしい。一戸単位だったり五戸単位で動くのだそうだ。

十和田大湯字○×の場合でも、行政区分調整により最終的に残った十七戸は四ヵ所にそれぞれ分かれて移転したのだという。

8ミリの女性も同じ集落だったと思い、十七戸すべての姓と移転先を訊いたが、やはり教えてもらえなかった。

役所の前からタクシーに乗る。

タクシーの運転手は、廃村になってから三十八年も経ち荒れ放題の場所だと言って、僕がそこを訪ねるのを訝ったが、村の様子をいろいろ訊いたため、不動産関係者だと納得したようだった。

僕は用事が済んだら、また電話で呼び出すからと言った。すると運転手が笑いながら首を振る。

「携帯見てくださいよ、お客さん」左右の古びた民家がぽつりぽつりと見られる道を走りながら運転手は言った。

田んぼだった場所が、群生するセイタカアワダチソウで覆われている。

風景を見ながら、運転手の言葉に従って携帯を開く。

「もうこの辺りで圏外なんですか」まだ、それほど山奥にいるようには思えなかったのだ。

「十五分ほど前から圏外ですよ。大湯字○×あたりで電波など、とてもとても」運転手はまた首を振った。

「では、三時間ほどしたら迎えにきてもらえませんか。二時頃に」

携帯の時計は十一時前だ。今日は天気がいいから、駅前で買っておいたおにぎりを昼に食べればいい。

「気をつけてくださいよ。本当に朽ち果てた村なんですから。大湯字○×ってところは昭和四十七年の廃村まで土葬だったって話ですよ」ルームミラーでちらっとこちらを見る運転手の顔には、うすら笑みが浮かんでいた。

「土葬ってまさか」窓から外の風景を見た。

真夏なのに背の高いススキが風になびいている。そのススキの間から、肋骨のような家屋の朽ちた板塀が見えた。

「とにかく気をつけてね、お客さん」

「脅かさないでくださいよ」

観光客にならそんなことは言わないだろう。僕が、墓をほじくり返すような悪徳不動産屋にでも見えたのだろうか。

「蛇なんかにも注意してください。その道祖神からが大湯字○×です。この旧街道に沿って民家はあるはずですが」運転手はそう言って車を駐めた。

運転手は料金を受け取ると「では道祖神の前に二時に迎えにきます」そう言ってドアを開き、追い立てるように車から僕を降ろした。タクシーは幾度か切り返し、きた道を猛スピードで立ち去った。

それを見送ると、ショルダーバッグから甲山に借りたビデオを取り出した。バッグにはハイキングなどに用いる地図も入っている。

人っ子一人いない廃村は、まぶしい太陽の下でも不気味だった。周りは木々も多く、緑だらけなのに蝉の声がしない。

ビデオのスイッチを入れた。電子音がして、録画準備に入るためのホワイトノイズが耳に届く。歩き出すと、自分の足音が妙に大きく辺りに響く。反響するものなど何もないはずだ。

何度も辺りを見渡した。ススキが視界をこれでもかと邪魔する。

こんなの撮ってもしょうがないな。

構えたカメラを下ろした。

役所の話では、三キロ先に鉱山があって、全盛期は約一キロ四方の集落に二百戸もの家があったという。が、いまはその痕跡はまったくない。昭和三十九年頃から鉱山は急速に衰えて住民の数も徐々に減少したのだそうだ。

昭和四十五年に鉱山が閉山されたとき残ったのは、わずか十七戸だった。帯屋老人が残そうとした風景はその十七戸だったということになる。

しかしあの8ミリには民家は映っていなかった。戻ってきて、気が変わったのだろうか。民家よりもあの女性の開く市場を残したくなったのかもしれない。

たぶん残った十七戸の一つであろう廃屋を見つけた。集落の入り口に建つ家は、廃村のシンボルとして撮っておきたい。

カメラを構えた。風に吹かれたススキがフレームに入ってくる。録画ボタンを押しながら、片手でススキをかき分け前へ進む。はびこる雑草に足を取られながらやっとの思いで廃屋の玄関にたどり着いた。

戸口の楠が家に覆い被さるように茂っていて、もはや建物の一部になっている。ホラーのオープニングにでも使えそうなグロテスクさがあった。

表札を探すのだが、シダ類が繁茂して分からなかった。落ちている枝を拾い、シダを払ってみた。柱に灰色のステッカーが貼ってある。そこにある文字を読むと遺族の家とあった。

誰の遺族だろう。

その他には何もない。移転する際に表札も持っていったのだろう。

足下で嫌な音がした。見ると踏んでいたのは玄関戸だ。

目の前の緑に枝を突き刺してみた。するとざざっという音と共に緑の壁が崩れ落ち、緑に覆われた廃屋に長方形の口が現れた。

前に進むとガラスの割れる音がした。玄関戸を踏みしめているのだ。

屋内に入ると、草いきれともカビともつかぬ臭いがする。土間から上がり框、たぶん囲炉裏のあった場所が壁土で埋まっていて何も見えない。

畳の上には楠の枯れ葉などが堆積して、そこからうす紅色の捩花《ねじばな》が生えていた。故郷の道端でもよく見かけた花だ。映画監督の気分でフレームを考えながら、荒廃した家屋を撮っていく。

人が住まない家の末路は悲しい。こんなにも変わり果ててしまうのか。かつてはこの家にも、家族が集い団らんがあったはずだ。

居間を通り抜け、奥の間へ進むと急に明るくなった。見上げると屋根がない。

足下にあるのが、雑草に覆われた屋根だ。一歩踏み入ろうと足を置くと、全体が大きく揺れた。抜けてしまう可能性がある。その奥には鎌や鋤などの農具が散乱していて、危険だ。ズームで奥の様子を撮っておくにとどめ、表へ出た。まぶしくてしばらく目が開けられない。真っ昼間であることを忘れていたのだ。

太陽に向かって深呼吸をした。消えた町の象徴的存在として、悪くない映像が撮れたはずだ。僕はもう一軒、また一軒と民家を調べていった。移転の際、表札を持っていくのは当然で、どの家も姓は分からなかった。

帯屋老人の生まれた家の住所は、大湯字〇×木下－3。けれどこれだけ荒れているとその場所は分からない。

それならば8ミリの九十九折りの撮影現場を特定しようと、山間の集落の未舗装道路をしばらく歩く。その道中の要所をカメラで押さえていた。ところが道は下りばかりで、いっこうに上り勾配にならない。

リヤカーを引く女性は、間違いなく道を登っていた。僕は地図を開いた。等高線を見るとこの先はずっと下りが続く。行き着く先は谷だ。

その先に、8ミリに映っていたような急勾配はなさそうだ。九十九折りは脇道にそれた場所にあるのだろうか。

それとも、この地図にもない道があるのか？

社があった。社があるということは、そこに参拝する人間のための道があるはずだ。それに彼女がリヤカーを駐めた場所は、すくなくともいま歩いている道幅よりも広かった。歩きながら目についた廃屋も見て回ったが、名字はおろか、住んでいた人の痕跡すら見つけることはできなかった。

とりあえず谷まで下りてみるか。

時間と相談しながら、道を下る。どんどん周りの木々に自分が埋もれていく感じがする。行きはよいよい帰りは怖い。いま一番嫌なわらべうたの歌詞が、耳の奥に蘇った。

さらにうっそうとして暗くなる。川が流れる音が聞こえてきた。地図を見直す。道に伴走しているのはA川だ。

道は合っている。

何度も確かめたくなるほど、方向感覚が鈍る。緑というのも少しなら癒やされるのだろうが、周りを取り囲まれると怖いものだ。

何より気が滅入るのは、川の音以外に聞こえるのが自分の足音だけだということだ。その音さえも、木々の葉に吸収されていく気がする。巨大な生き物の体内にでもいるような不気味さがあった。

風が吹くのに、森はざわつきもしない。

このままだときっと迷走する。廃村で遭難しても誰も助けてくれそうにない。

タクシーの運転手だって、道祖神前に僕がいなければさっさと帰ってしまうだろう。

孤独死をテーマにしたドキュメンタリーを制作していて、自分がこんなところで人知れず死ぬなんて馬鹿らしい。

足早にきた道を元に引き返す。こんどはずっとなだらかな登りだ。一刻も早く道祖神へたどり着きたかった。

この上り坂も、例の九十九折りにはほど遠い。帯屋老人が撮ったのはここじゃない。

僕は逃げるように歩きながら、そう確信した。

ホテルに戻ったのは四時過ぎ、シャワーを浴びて汗と一緒にまとわりついた緑の匂いを洗い流した。匂いは、よく聞くフィトンチッドという成分なのかもしれない。それとも菌類か廃屋の埃なのか、ともかくシャンプーやボディソープの都会的な香料を、肌に擦り込みたかった。

ベッドに腰掛け、さっき食べなかったおにぎりをほおばった。

腹ごしらえをして一息つくと、僕は市街地図を見た。帯屋家の移転先の位置を探すためだ。移転先は市内大湯×番地だ。このホテルからそれほど遠くはないようだ。

さらにもう一つ浅利ひさの実家の住所八幡平字老沢××も確認した。詳細な地図ではないから、だいたいの位置しか分からないが、またタクシーを利用すれば訪ねることができるだろう。

地図を閉じ、甲山に今日と明日の予定を報告しようと電話をかけた。彼から、そうするように言われていたからだ。

「ほうか、そないに荒れ放題やったか」廃村の状態をかいつまんで伝えると、甲山が言った。

「でも帯屋さんが生まれた場所というか、こんな環境で育ったんだなっていうのは分かりました」

「ちゃんとビデオ回したんやろな」

「もちろんです」

「忘れんようにな。けど廃村って何か悲しいな」甲山が急に低い声を出した。

「増えてるんでしょ？」菊池が岩手でも限界集落が多くあると言っていた。

「限界集落ちゅうのが全国で七九〇〇弱もあるそうや」行政は限界的集落と呼んでいるのだそうだ。集落人口の二人に一人が六十五歳以上をそう呼ぶと甲山が教えてくれた。

「そんなにあるんですか」

「若い者が都会へ出る。わしも門川もそうやろ。ほな地方には高齢者しか残らへん。高齢者の一人暮らしも多いんや。足腰が弱ると日々の生活、たとえば買いもん一つできひんようになる。ものが売れへん場所に店を出す商売人なんかおらへん。そうなると暮らしてはいかれへん」

「そうですよね」リヤカーでものを売る女性の姿が目に浮かんだ。彼女はまさに店のない場所へ赴いて、高齢者に生活必需品を提供していた。

「そして誰もいなくなるちゅうことやな。地方に人がいなくなると、農業とか畜産、水産業なんかの人手がのうなる。第一次産業は壊滅状態になるわな」彼が無理に笑った感じがした。

「ほな明日は帯屋家の移転先を訪ねるんやな」

「はい。そこは長男の一朗さんが継いでるんですよね」

「と、思うけど、年齢が年齢だけに、その子供が継いでるかもな」

「福祉課の人が、甥がいるようなことを言ってました」福祉課からの電話の内容を甲山に話した。

「遺体も、遺品の受け取りも拒否しよったやつらやな」

「あまり話が聞けないかもしれないですね」帯屋老人の住んでいたアパートの管理者が訪ねてきたなんて言えば、追い返されるかもしれない。

「その辺は覚悟しとけ。ただ目的はきちんと話さんとあかんで」

「遺骨や遺品の話じゃないってことを、ですか」目的はドキュメンタリーの制作だ。ただそれを伝えても、いやかえって反発が増すような気がする。

「わしの要望は、思い出話なんかを引き出してほしいな。できればビデオカメラの前でな」笑い声で言った。

「ビデオは無理だと思います」それだけ協力的なら、遺骨ぐらいは引き取るだろう。

「ほな、友達とか同級生とか聞き出せ。別れた奥さんは、きっと再婚してるやろうから深追いするな。もう他人なんやから」

「分かりました」

「そや」と甲山が思い出すように言った。「帯屋はんの戦友や言うてた長塚はんのことは、わしが調べてるさかいな」

「そうなんですか」長塚と甲山の接触は歓迎できない。僕のやったことがすべて知られる可能性がある。

「戦友いうのは、おそらく特別な思い入れがあるんやろな。でないとこれ以上甘えられへん言うてる帯屋はんを、さらに条件のええ部屋に入居させるかいな。二人の関係から帯屋はんの人となりも浮き彫りにされるやろ？」

「戦争のことまで含めると、焦点がぼけませんか」

「何言うてんねん。あの年代の人間の人生にとって戦争は重大事や、避けて通れへん。まあその辺はわしに任せとけ。ほな明日も報告忘れるな」それだけ言うと甲山は電話を切った。

11

住所を片手に、タクシーの運転手と一緒に帯屋家を探した。ホテルを出てから二時間ほど経った十一時過ぎにようやく家の前にたどり着く。

田園風景の中に家が建ち並んでいて、すぐそこに山が迫っている。大湯温泉が有名らしく、途中観光客の姿も見かけた。

帯屋家はこぢんまりとした木造の二階建てで、丹精された植木鉢が間口に並んでいた。再度表札を確かめると帯屋一朗の名前だけ記されている。深呼吸をして気持ちを落ち着かせてから呼び鈴を鳴らした。

二十歳ぐらいの若い男性が出てきた。

「帯屋史朗さんのことで伺いたいことがあるんですが」名刺を男性に渡した。「失礼ですが、一朗さんの……？」曖昧に訊いた。

「孫ですけど」きょとんとした目で僕を見る。

散髪しておいてよかった。彼と同じようなヘアスタイルでは、何となく格好がつかなかっただろう。

「帯屋史朗さんは、ご存じですね」

「お祖父ちゃんから名前は聞いたことあるかもしれませんが。お祖父ちゃん、いまは入院してるんで」

「そうなんですか」

「意識ないんです」半年前に脳出血で倒れ、そのまま入院していると孫が言った。

意識不明では思い出話どころではない。

「帯屋さんが亡くなったという連絡とかありました？」

「いえ、何も聞いてないです。滅多に家にいないんで」孫は首を振る。

「僕は、史朗さんが住んでいたアパートの管理をしている者なんです。史朗さんには家族がないのでお伺いしました。ご両親はご在宅ですか」孫は知らないだろうが、彼の両親には帯屋老人が死んだことは役所から伝わっているはずだ。

「出かけてますけど、携帯に電話してもいいですよ」彼はさっきから携帯電話を手の中で弄んでいた。

「お願いできますか」

返事をするより先に彼は電話のボタンをプッシュしていた。「母さん。あ俺」事情を説明しながら僕を見た。その目が徐々に値踏みをするように上下し出す。

母親は好意的ではなさそうだ。

「そうなの。分かった」彼は小さくうなずいて電話を切る。

「すみませんね、お手数かけて」一応、謝っておいた。

「あの、うちとは関係ないんで、帰ってもらえます？」明らかに険のある目つきだ。

「誤解しないでください。僕は借金取りでも、遺骨や遺品を引き取ってもらいにきたんでもありません。教えていただきたいことがあって、お母さんか、お父さんに話を聞いてもらえませんか」低姿勢で訴えた。

「とにかく母は、何にも話すことないって言ってますから」彼は奥へ引っ込もうとした。

それを引き留めようとしたが、彼は無視した。玄関で突っ立っていても仕方ない。僕は帯屋家を後にした。

予想はしていたが、それ以上に冷たい対応だった。いずれにしても帯屋老人の兄、一朗が話せないのだからどうしようもない。

その足で、帯屋老人の元妻ひさの実家へ向かうことにした。

ところが住所に家はなかった。役所で訊くと、ひさの実家も廃村に伴い移転していたのだ。例によって個人情報を盾に移転先の住所は教えてくれない。

甲山に助けを頼む以外にない。そのまま役所の玄関へ出て電話した。

「ほんまかいな。なんちゅうこっちゃ。二人とも、生まれ育った家が廃村で移転てか」甲山は嘆き声を出した。

「ええ、本当なんです」

「ほんで何年に移転したんやて？」

「昭和四十九年だと言ってました」

「分かった。調べるわ」

「お願いします」

「いま役所やろ？　そこで待っててんか」すぐに折り返すと甲山が言った。

いくら土地家屋調査士の資格を持っているとはいえ、電話で教えてくれるものなのだろうか。半信半疑のまま僕は役所の前で待った。

山の方から心地よい風が吹き、それほど暑さは感じなくなっていた。地図を見ると八幡平は秋田県と岩手県の境にある。

先日行った菊池の住んでいる大船渡よりも標高が高いため、その分涼しいのかもしれない。待つ間その辺をぶらつくことにした。この山の向こうは十和田湖があるはずだ。

僕の実家の側には宍道湖があって、湖独特の香りを嗅いで育った。季節ごとに微妙に違う色と香りは大阪に住んでからも時折思い出す。

八月の宍道湖は湖面を渡る風と共に、潮の香がするのだ。子供の頃初めて海を見たとき、同じ匂いだと思った。それが家族の匂いだ。

砂浜には、親父がいてお袋がいた。いやそのときは親父やお袋というものじゃなく、お父ちゃんとお母ちゃんだった。二人とも笑っていたし、僕も馬鹿みたいにはしゃいでいた。

十和田湖は海の香りがするのだろうか。

なぜそんなことを思うのだろう。首筋に手をやる。そうか髪を短く切ったせいだ。子供の頃、余所へ出かける前は必ず散髪屋さんに行かされた。

ちょっと短く切りすぎたかな。

着信音が鳴った。映画「イル・ポスティーノ」のテーマ曲だ。この曲が、田園風景と澄んだ空気にこれほどマッチするとは思わなかった。

少し曲に聴き入ってから、電話に出た。

「移転先が分かった。詳細な住所は無理やったけど、宇老沢にあった七世帯は上坂Hへ移転してる。戸数がそないにないさかい、現地に行ったら何とか分かるんちゃうかな」甲山が言った。

「浅利という姓は、それほど多くないような気がしますね」

「そやな。ひさはんの居場所が聞き出せたらええのにな」

「頑張ってみます」そんな言葉がすっと出た。

甲山に少し好意を抱き始めているようだ。

風景は大湯とほとんど変わらないが、住宅の数は一見して少なかった。タクシーを降りて、道沿いの家並みを見て歩いていると、散歩の初老の男性の姿を見つけた。駆け寄って「浅利さんの家はどこですか」と尋ねた。ご存じですかと聞かなかったのは、知り合いでもあるかのような顔をしたかったからだ。

その態度がよかったのか、単なる偶然なのか、彼は「ああ。この道をしばらく行って三つ目の道を右に入ればすぐ分かるよ」と気安く教えてくれた。

浅利という姓は一軒しかないということだ。家が逃げるわけではないのに、小走りになった。

甲山が言うように、ひさが実家にいるとは思えない。それは分かっているのだけれど、浅利家が存在していたことに興奮していた。実家が存続しているということは、ひさを知る親戚の誰かに会えることを意味している。

言われた通り三つ目のあぜ道のような細い道を右に入り、浅利家を見つけた。玄関で声をかけると五十代と思われる女性が出てきた。

「浅利ひささんを訪ねてきた者なんですが」と切り出すと、予想もしない答えが返ってきた。

「ひさですか。ひさは母ですが、どちら様でしょうか」

「ひささんの娘さんなんですか」びっくりして、彼女の問いに答えるのを忘れてしまった。

「ひささん、いえお母さんにお目にかかってぜひ伺いたいことがありまして」どう言っていいのかまとまらないまま、言葉を並べた。

なぜひさの娘がここにいるんだろう。

「あの、母に何を訊きたいんです。どういうことですか」彼女が眉をひそめた。

「込み入った話なんですが……、帯屋史朗という方はご存じですか」

「……存じません」

「そうですか。いえ、そうでしょうね」何を言っているのか。「いやあの、帯屋史朗という方が先日亡くなりまして」

「はあ？」

「その帯屋さんは、お母さんと昔結婚されてまして……」触れてはいけないことなのかもしれない。彼女の顔を見て、反応を確かめた。

「あなたは誰ですか。何なんです？」彼女は声を荒らげた。

「僕は、帯屋さんが住んでいたアパートの管理をやっている者で、けっして怪しい者ではありません」思い出したように名刺を差し出した。

外国の映画なら、鞄から名刺ケースをとろうとした瞬間に撃たれただろう。緊張しているのに、すぐ僕の頭にはそんな映像が現れてしまうのだ。

彼女は硬い表情で名刺を見つめ「それで？」と冷たく言った。

「アパートで一人、つまりその、孤独死だったものですから」

「孤独死……」

　この言葉を使うと、悲しいかな誰もが関心を示す。

「それで帯屋さんの肉親を探してまして」

「うちの母は関係ない、です」彼女は断言した。

「存じています。離婚されて六十五年が経ってますし、まったく関係ないということは。ですが、帯屋さんに昔奥さんがいらっしゃったことが分かったものですから。あの、分かった以上こちらとしてもお知らせぐらいはしないと」僕は、繕うことを忘れ、自分の気持ちをそのまま彼女にぶつけていた。「たまたま僕が、帯屋さんの遺体を発見したんです。管理の仕事をして初めてのことでした。それからいろいろ気になって、仕事が手につかない状態なんです」

「気の毒とは思いますけど、関係ないですから」

「せめて、お母さんに伝えるだけでも。そのために大阪からきたんです」と言って頭を下げた。

「……じゃあ、母に訊いてみます。ちょっと待っててください」彼女は奥の部屋を見た。

「ここにいらっしゃるんですか」声を張り上げてしまった。旧姓の浅利家に、その後再婚したはずのひさがいるなんて、思ってもみなかった。

「知らずにきたんですか？」

「ここがご実家だということは調べましたけれど、いまもいらっしゃるとは思ってませんでした」

帯屋老人の元妻、ひさと会うことができる。思わぬ収穫だ。長い時間かけてここまできた甲斐があった。

彼女は奥へ入った。

待つ間、何を訊こうか、どう聞き出せばいいのかと考えた。興奮しているのか、何も浮かんでこない。

探しているものが見つかることが、これほど心が躍るものなのか。探し物が、宝でもお金でも、品物でもないのに、感動してしまうものなのだ。

奥の障子が開いた。細身でワイン色の作務衣を着ていて、長い髪を後ろで束ねているひさが、ゆっくり出てきた。色白で目が大きく可愛らしいおばあちゃんだ。とても八十二歳には見えず、六十代でも通用しそうな顔だちだった。

「どうぞ、お上がりください」ひさがそう言って会釈した。

「いいんですか」

「ええ」とうなずくと、スリッパを上がり框に置いて、ひさは左側の廊下へ歩いて行った。

僕は靴を脱いで彼女のいく方へついていく。廊下の突き当たりに六畳ほどの応接間があった。

「そちらへ」

ひさに促されて、ソファーへ腰掛けた。

「突然押しかけまして、申しわけありません」

「お仕事なんでしょう？」

「ええ、まあ」

「こんな田舎まで、大変ね」ひさが上品な笑みを浮かべた。

高齢でもこれほどチャーミングなのだ。若いときはさぞかし可憐だっただろう。

「史朗さんが、亡くなったんですって」ひさの方から切り出してくれた。「彼は一人だったんですの？」

「ええ。独身でした。それに遺体を引き取る肉親もおられなかったんです」

「まあ、可哀想に」愁いを含んだ眼差しで僕を見た。

優しい人なのだろう。帯屋老人のことを訊いても、彼女なら答えてくれそうだ。

「何とか引き取り手を探してまして」

「で、私のことも？」

「昔に離婚されていて、関係ないことは承知していますが、何かご存じのことがないかと思いまして」そう言ったとき娘が氷入りの茶を運んできて、無表情でテーブルに置くとさっさと出て行った。

娘は、母親が僕と会って話すことに反対なのだろう。

「どうぞ、麦茶ですけど」ひさは優しく言った。

「ありがとうございます」喉が渇いていたので、半分ぐらいまで一気に飲んだ。

「ただ私は史朗さんのこと、本当に何も知らないんですよ。一緒に過ごした日は数えるほどしかなかったから」ひさは両手でコップを持った。「人づてに聞いてます。兵役に就く直前に結婚式をお挙げになったんですよね。それで終戦後半年ほどで別れられた」

「それは誰からお聞きになったの」

僕は帯屋老人を発見した状況とともに、ボランティアの兼松から聞いた話をした。

「史朗さんが、私のことを話したなんて」信じられないという表情をした。

「あの、ぶしつけで恐縮ですが、浅利さんは帯屋さんと離婚後、再婚されたんですね」疑問をぶつけた。

「仲人だった方が、責任を感じて紹介してくださった方と、昭和二十五年に再婚いたしました。でも、その方とも……。それで実家に戻りましたの。実家がここへ移転した直後です」

以後、この家で暮らしているのだと言った。

「娘は、十和田市の方に嫁いでますが、週に何度か私の世話をしにきてくれてますの」

僕が奥の間にいる娘を気にしたのを察したのか、ひさが付け加えた。

「実は、帯屋さんの孤独死をきっかけに会社もいろいろ考えなければならない、ということになったんです」

自分の所属している会社の親会社、千里興産が高齢者マンションを手がけていて、そのさらなる充実を図るために帯屋老人のことを調べることになったと彼女に伝えた。

「史朗さんの死を参考にするおつもり？」

「会社は、それだけ孤独死を重要にとらえているのだと思います」

「それにしても、史朗さん、ずっとお一人だったなんて」眼球が落ち着きなく左右に揺れる。

「帯屋さんのこと、訊いていいですか」念を押した。

「あの人は、特別過ぎると思います」思いついたようにひさは言った。

「どういう意味ですか」

「他の方とはあまりに違う人生だと思うんですよ。だからあの人のことをお調べになっても、きっと参考にはなりません」彼女は自分に言い聞かせているようだ。

「たぶん、みんなそれぞれ特別なんだと思いますよ。上手く言えないんですが、誰の人生も、その人にとってかけがえのないものの気がします」

「それはそうでしょうが、史朗さんの場合は本当に……」ひさは黙った。そのまま思い詰めたような目でうつむく。時折苦しそうにぎゅっとまぶたを閉じる仕草をした。

「浅利さん、正直に言います」

ひさに声をかけると彼女がさっと顔を上げた。

「帯屋さんのことを調べてドキュメンタリーにしようという企画が持ち上がっています」もう隠すのはやめた。ひさの態度があまりに誠実に見えたからだ。

「ドキュメンタリーというのは、どういったものですか」不安げな目を向けてきた。

「映像で、帯屋さんの人生を振り返るんです。ただもうご本人はいらっしゃいませんから、帯屋さんが生まれ育った場所の風景や、彼を知る方々の証言などで構成するしかないんですけれど」

「NHK特集」などの番組を想像してほしい、と説明した。

「そういうのでしたらよく観て、知っています。そうですか、そういったものを。で、私も撮られますの？」

「そうです。お願いします」

「そうですか……」そう言うひさは思案顔を見せながらも、拒絶する感じではなかった。

「帯屋さんは戦争体験者です。あの時代に命がけで国を守ってくれた人々の上に、僕らは生きてる。そしていまの平和がある。なのに戦争で生き残った方が、いま孤独の中で亡くなっていく。亡骸の引き取り手もありません。これはおかしいことだと思います。だから」まだまとまり切っていないドキュメンタリー映画のコンセプトの断片を口にした。

「だから？」ひさが訊いてきた。興味のある目だ。

「帯屋さんの足跡、残さないといけないし、伝えないとダメなんじゃないかと思っています。これは僕個人の気持ちです」

甲山はパブネタだと言った。会社は広告宣伝の一環に過ぎないものと考えている。

けれど僕は違う。帯屋老人が撮った8ミリ映像に感動したことから、彼の人生に迫ろうと思ったのだ。ひさの顔を見て出発点に戻ろうと思った。

「お願いします」いいドキュメンタリー映画を作りたいという純粋な気持ちから、僕はひさに頭を下げた。

「本当に、ちゃんと残していただけるのね」彼女の目は真剣だった。

「残します。そして伝えていく努力をします」作品がよければ必ず公開のチャンスは訪れるはずだ。それだけは信じたい。それを信じなければ、一歩も進めない。

「分かりました」

「本当に、いいんですか」頼んでおいて訊くことではない。それは分かっているが、確かめずにはいられなかった。

ひさが気に入っている縁側の籐の椅子の前に僕は三脚を立てた。三脚はコンパクトながら、八十センチの高さでビデオカメラを固定することができた。

撮影の準備をする間、ひさには居間で休んでもらっている。疲れると夜が眠れなくなると娘の山口史乃《しの》が言ったからだ。

史乃の名前を聞いたとき、帯屋史朗の名を思い浮かべた。もちろん史乃には言わなかったが、妙な気分になった。ひさの気持ちの中に、帯屋老人の影をみてしまったという罪悪感みたいなものを感じた。

史乃は「きれいに撮ってあげて」と僕の耳元でささやいた。

陰で話を聞いていた史乃が、てっきり撮影に反対するものと思っていた僕は「もちろん」と笑顔で言ったが、史乃の表情はほころびもしなかった。

「すみません」

「……なぜ謝るんです？」

「いえ、帯屋さんのことなんて訊きにきたので」史乃にとっては、母の前夫のことなど聞きたくはなかっただろう。

「気にしてない、と言えば嘘になりますね。複雑な心境です。でもあんなに生き生きと話す母を見たのは久しぶりなんです。やっぱり私に帯屋さんの話なんかできないでしょうから」と言ってから「帯屋さんの話でも何でも、少しでも思い出してくれれば……」史乃は小さな吐息をついた。

「思い出してくれれば？」

「母は、記憶を失いつつあるみたいなんです」

「えっ、もしかして」僕は居間の方を見たが、認知症という言葉は口に出さなかった。

「はっきりしたことは分かりません。お医者さんに診せたわけではないから。でも酷いときは、私の名前を一瞬忘れることもあるんです」ささやき声だから、自然に僕は史乃に頭を近づける。

それがひさから見て不自然に映らないよう、適当にビデオをいじくった。

「進行を止める薬があるそうですよ」テレビの受け売りだ。

「どう言って、病院に連れて行けばいいのかしら。母は自分をしっかり者だと思っているから、ショックも大きいと思うんです。でも一番衝撃を受けてるのは、私」史乃は涙声になった。

「ごめんなさいね。悲しいのは辛いからじゃないんです」

「…………」

「私、本当は母が、帯屋という人のことをずっと忘れないでいることを知ってるんです」認知症ではないかと疑いだしたのも、昔話をよくするようになったからだそうだ。

「思い出話と現在を混同していることが増えて……」

「思い出話の中に、帯屋さんが？」

「何気なく史朗さんって口走ることがあったり、その方宛の手紙を書いたり。だから私の名前のことも疑いたくなりますよね」

「史朗の史ですか」

「あなたもお気づきに？」

僕は静かにうなずく。

「そう、ですか。知ったときはこの歳になっていても、気持ちよくなかったですよ。道理で実の父と、馬が合わなかったはずだとも思います。でも帯屋さんが亡くなって、あなたがやってきた。そして母の思い出をビデオに撮るっていうでしょう。思い出が全部消えてしまう前に残しておきたいと、母も感じたんじゃないかって思って。それなら仕方ないもの」

「お母さんも、記憶のことうすうす感じてるってことですか」

「かもしれない、と思ったら何か健気で……」言葉を詰まらせた。

「私は穏やかに話を聞い

てあげられないかもしれません。情けない話ですけど、あなたの方が冷静に聞けるでしょう。だから少しでもきれいに撮ってあげて。お願いします」

「分かりました」

「それと多少話のつじつまが合わなくても、追及しないでください。混乱すると、もっとわけが分からなくなるから」

「準備、まだなの」と居間からひさが顔を覗かせた。

「すぐ始めます」慌てて史乃から顔を背ける。

「頼みましたよ。監督さん」史乃は僕の背中を叩き、笑顔を見せて台所と思われる部屋へ引っ込んだ。

子供って、親の人生も背負ってしまうものなのか。僕は松江の母親の顔を思い出していた。けれど、史乃のように優しい気持ちにはなれなかった。

居間へ行き「浅利さん、じゃあそこに座ってください」と籐の椅子を指さした。

ゆっくりとひさが椅子に腰掛ける。衣装はワイン色の作務衣で、薄化粧に口紅。さっき史乃に髪を整えてもらって、さらに若がえった感じがした。

ビデオのレンズを覗き、アングルを微調整する。

「じゃあ、帯屋さんとの出会いから、気楽に話してください。後で編集して、上手くつなげますので、思い出すまま話してもらって結構です」

「分かりました。もう話していいの？」

「ええ。お願いします」と言ってビデオのスイッチを入れ、「それじゃどうぞ、はい」僕は、映画のメイキングビデオなどで見たことがある監督のように、右手を大きく振り下ろした。

居住まいをただして、ひさが語り出した。口調は、とても八十二歳には思えないほど、若々しかった。

12

（浅利ひさの証言）　※秋田弁を標準語に変換した。


私と史朗さんの出会いですね。それでは、お見合いのときのことから話せばいいでしょうか。顔を見たのがそのとき初めてですから、そのときが出会いということになりますね。けれど、何も話せなかったから、顔を見ただけだという感じです。

私たちの住んでいた集落の長老、長五郎さんが、長五郎さんて言っても分かりませんよね。あなたとは今日会ったばかりなのに、私どうかしてますね。何だか、ずっとまえから知っている子みたいに思ってしまって、ごめんなさい。

長老は作田長五郎という方でして、当時、たぶんいまの私くらいの年齢だったんじゃないかと思います。その方からお見合いの話をいただきました。

私ですか。私は十五歳、いえお見合いの日の五月十三日には、十六歳になっていました。そうです、五月九日が誕生日です。

今の若い子たちにはお見合いをしたわけなんて、分かってもらえないでしょうね。

うちが貧しかったのもあります。兄と姉がいたんですけれど、兄は病弱でしたし、姉は母の世話をしていました。母がリウマチを患っていて家事ができない日が多かったものですから。

私は……そうですね、分かりやすく言えば口減らしということになりますね。

帯屋さんの家は、畑の他に鉱山で働く人たちの食事なんかを提供する食堂を営んでいらしたから、うちに比べたら裕福だったんです。

史朗さんは集落で一人、国民学校高等科を出ていて、その上、海軍に志願するというので集落の名士に数えられていました。

私の家にお見合い話を断る理由はありません。いえ、かえってありがたいお話だったんです。もちろん口減らし対象だった私に、口を挟む余地はないです。

それでも、考えられないほどの早さで、結婚話が進んだことには少し戸惑いを感じました。それは史朗さんも同じだったようです。心の準備ができていなかったのは、当人同士だけでした。

「現実なのか、夢なのか分かりませんね」と史朗さんが言ったのは、結婚が決まった日でした。私も同じ気持ちです、と言って笑ったのをいまでもはっきり覚えています。そのときの史朗さんの笑顔を思い出すと、胸が詰まって……。

（中断）

ええ、結婚が決まったのはお見合いの翌日だったんです。そして祝言を挙げたのは、それから五日後でした。

急いだ理由は、史朗さんの入隊に間に合わせるためです。史朗さんは機械が大好きだということで、飛行機乗りに憧れていて、予科練を志願されました。

高等科の友人、隣の集落に住む水谷さんと一緒に、集落を去る日が刻々と近づいていました。祝言を挙げて三日後には、三重県の訓練所へ旅立たなければならなかったんです。

史朗さんの印象ですか。そうですね、目がきれいな男性だと思いました。きついとか鋭いというのではなくて、きらきら光っているって言った方がいいかもしれません。

あなたも史朗さんの顔、見てるんでしょう？　そうですね、もう六十五年以上も経ってるんですから、変わっているでしょう。当時は本当にみずみずしい瞳で、私は男の人のあんな目見たことありませんでした。もっとも男の人の顔を、まじまじ見ることさえはばかられる時代でしたけれど。

いやですよ、あなた。一目惚れだなんて。

……でも、いま思うと、そうだったのかもしれないですね。

結婚生活？　たった三日間の新婚生活です。帯屋のお義父さんが用意してくれた離れで、水入らずの時間を過ごさせていただきました。と言いましても、戸惑いのうちに、終わってしまったという感じです。

史朗さんは、子供の頃から映画が好きだったようです。でも集落には映画館はなかったので、炭鉱の慰問で上映される無声映画を楽しみにしていたんだと聞きました。

どんな映画ですって？　そうですね、嵐寛の鞍馬天狗の話をよくしてくれました。そう嵐寛寿郎です。ご存じなのですか。あら、あなた本当はいくつなんですか。嵐寛といってすぐに分かるなんて。

来年三十ですか、随分お若いのね。えっ、あなたも映画好きなんですの？

ああ、なるほど、だからドキュメンタリー映画を作るって話になったわけですか。

そうですか、それで史朗さんみたいにカメラを回すんですね。でも、そんな小さな機械で、ちゃんと撮れるんですか。

あの日に、そんなカメラがあったら……。いえね、史朗さんが言ってました。いまここに8ミリカメラがあったら、互いの姿を撮っておくのにって。

戦争だから、そのままってことがあるからと……。

（中断）

兵役に就かれた史朗さんは、三重県の航空隊で三ヵ月間の訓練をされました。その間の様子は、手紙でしか知ることはできなかったのですけれど、どうやら飛行機乗りにはなれそうもないって書いておられました。

訓練で使う飛行機を調達するのが大変だったようです。もちろん検閲がありますから、部隊のことや、訓練の詳しい様子などについては書かれていません。

なら、どうして飛行機の数が足りないことを知ったのか。それは当然の疑問ですね。

私と史朗さんは集落を出る前、二人だけで分かる言葉を決めておいたからです。

暗号？　そんなたいそうなものではありません。新婚の、若い二人が戯れに思いついた遊びです。

どんなものかお知りになりたい？　古い話だから忘れました。

どんな感じのものか分かればいいんですか。じゃあちょっと待ってください。

（中断）

主に童謡なんかの替え歌です。みんなが知っている歌詞は、だいたい一番か二番でしょう？　だから、その三番、四番を替え歌にしてしまうんです。雰囲気の似た歌詞を適当に作ってしまうんですよ。そしてそこに、伝えたいことをさりげなく隠します。

何、どうしました？　ズンドコ節。それは私たちの間では使いませんでしたね。

だって、史朗さんのいる部隊で流行っていたようですもの。紛らわしいでしょう。

たとえば、こういう感じです。

「コキリコの竹は七寸五分じゃ。長いは袖のかないじゃ。マドのサンサはデデレコデン。ハレのサンサもデデレコデン」

この二番が「向かいの山に光るもん何じゃ。星か蛍か黄金の虫か。マドのサンサはデデレコデン。ハレのサンサもデデレコデン」という風な歌詞だったと思います。

そこに「青い空を　飛ぶものなしじゃ。鳥もトンビもニワトリか。マドのサンサはデデレコデン。ハレのサンサもデデレコデン」と書いて並べるんです。

三つの歌詞を並べると、まったくの替え歌だと思いませんでしょう？

不自然にならないように、こんな歌を思い出したって手紙に書いておいて、替え歌の歌詞を続けるんです。

このこきりこ節の歌詞の前に、「今日はきたるべきそのときに備え精魂込めて整備に当たった」と書いてありました。それで、本来は空を飛ぶ鳥もトンビも、地を這うニワトリだって言ってるって分かります。つまり飛ぶ飛行機がないんだと解釈しました。

精魂込めて、という文面が悲しいと思いませんか。ああ彼はいま辛い思いをしてるのだと、私も胸を痛めました。

十カ月ほどした六月、横須賀鎮守府の海兵団で機関兵として訓練を受けることになったという知らせをもらいました。それが何を意味するのか、そのときはよく分かりませんでした。自爆作戦のためだったのです……。

ごめんなさい、復員してきた史朗さんからそれを聞いたときのことを思い出すと、つい胸が詰まってきてしまって……。

（中断）

……大丈夫、続けられます。

でもそれ以上は、教えてくれませんでした。そう、何も言ってくれない……。

一緒に兵隊に行った水谷さんの葬儀のときに、ぽつりと漏らしただけです。水谷さんは……戦死されたんです。同じ部隊に配属されて、ずっと一緒だった方だったから彼の悲しみも想像できないほど強かったのだと思います。

「もう少しだったのに」と何度もつぶやきながら、悔しそうに泣いてました。その言葉は、もう少しで終戦を迎えて一緒に生きて帰れるのにっていう意味だと思っていたのですが、違っていました。

水谷さんの両親の前で、史朗さんが「終戦を迎えなければ、部隊のみんなと一緒に死ねたんです。彼を一人で逝かせて申しわけありません」と言って土下座をしたんです。

「どういう意味ですか」と、水谷さんのお母さんが史朗さんに泣きながら訊かれました。

そのとき史朗さんは「自分たちは自爆作戦を遂行する部隊にいたんです」と叫んだんです。

可哀想で、私は見てられませんでした。

その後の史朗さんは、本当に抜け殻でした。何を訊いても何も答えてくれません。一日中、上の空って感じでした。上手く言えないんですけど、一気に歳を取ったみたいで。

二十歳前なのに老人みたいになってしまいました。七十歳のときに、私自身が感じた鈍さに似てるかもしれないですね。いえ受け答えなどは、いまの私より鈍かったかもしれません。

食事も私がさんざん口うるさく言って、やっと食べるという状態だったんです。

そんな暮らしが半年、半年も続いて……。離縁の話は、お義父さんから出たんです。

「案山子《かかし》と一緒にいるごとはねえ」と言われました。

「そんな風に私は思ってません」史朗さんとの離縁など考えていない、支えて生きていきますと訴えたのですが、お義父さんは頑として聞き入れてはくださいませんでした。

「史朗と話をして、帯屋家として決めたことだ」そう言われたとき、悲しさも寂しさも何も感じませんでした。たぶん史朗さんと本当に離ればなれになるなんていう実感が湧かなかったのだと思います。悲しいって感覚がないのに、涙だけは止めどなく流れて……。

人間って心が真っ白になっても涙が出るものなのね。

何が何だか分からず、言われるままに離婚届に判をつきました。昔は、男の人の父親が決めたことは、絶対だったのです。

結婚話もあっという間に整いましたが、離婚もあっけなく決まってしまったという感じです。

実家に帰ったのですが、帯屋家のお義父さんが集落の長老さんにすべての非は息子にあると口添えしてくださったようで、出戻りという陰口も叩かれませんでした。金銭的なことも充分にしてもらいました。

でも私は、史朗さんのことが忘れられません。

お見合いで、まともな結婚生活なんてなかったのに、そんな気持ちになるなんて、いまの若い人には理解できないかもしれませんね。

恋とか愛とかというのともちがいます。好きな男性っていう感じでもありません。そばにいるのが当たり前と思っていた人とでもいうのでしょうか。適当な言葉が見つからなくてもどかしいです。

あなた分かります？　女性とか男性とか関係なく、頭から離れない人、いませんか。

離縁後の、私の様子を知った帯屋のお義父さんが、ある方に相談して史朗さんを遠くの勤めに出されたと伺いました。親しい郵便屋さんに聞いたんです。

そう、そうです。大阪に連れて行ったんです。

ある方ですか。同じ部隊の班長さんだった方です。ええと、そうですあなたの言う通り長塚とおっしゃる方です。

あなた、私に訊くまでもなく、よく知っていらっしゃるじゃないですか。

長塚さんは、史朗さんが復員してきてから、よく相談に乗っていただいておりました。二度ほど、大湯の家にも訪ねてこられたことがあります。

史朗さんが、大阪へ旅立ったと聞いたのは、離縁して一年経った頃です。当時、大阪と言われたら、本当に遠いところだと思いました。

それで、私も気持ちを吹っ切らないといけない、と思って、勧められるままに秋田市内の人と再婚したんです。踏み切らないと、うちの両親のこともありますから。

娘の名前?……気づいたんですか。私の心のどこかに、史朗さんが住み着いていたのだと思います。そんな女ですから、結局離婚されたんですよ。

行くところがなくなって、兄に頼るしかなくなりました。

いま話していて気づいたんですけれど、私の人生って結局史朗さんへのわだかまりばかりでできてるようですね。

ずっと考えているわけではないんですが、まったく胸の中から消え去ることもありません。

史朗さんがあんなになったのは、戦争のせいです。生きることより、死ぬことばかりを考えるようにしてしまったのも戦争なんです。

自分のせいなんかじゃないのに責任、感じて……。

和美さんが死んだのだって、すべて戦争のせいじゃないですか！

どうしたんです？　和美さんがどうかしました？

和美さん、よく知っていますよ。何を慌ててるんですか。水谷さんです、水谷和美。さっき言いました戦死された隣の集落にいた史朗さんの友達のことです。

何を言ってらっしゃるの、女性じゃないです。わざと女性っぽい名を付けられたんですよ、きっと。そうしておくと徴兵を免れるかもしれないっていう親心なんです。その頃、薫とか忍とか、女性に思えるような名前を付ける親御さんもたくさんおられたんですよ。

13

「なかなか上手いもんや」甲山がビデオを見終わって言った。

秋田から戻った明くる日、甲山が管理人室を訪ねてきた。僕は調査の報告と、ビデオを見せながら、ひさの印象などを話した。

「これ観てて思い出したんやけど、わしの名前、南ちゅうのかて徴兵されへんように付けたらしいんや」

「とっくに徴兵制なんてないのに？」

「お祖父ちゃんが戦争で、シベリア抑留体験しとるさかい、平和への願いや。子供の名前ちゅうんはいろんな願いが込められてるもんや。犯罪者とかのニュース見ると、そいつが子供のときに親が込めた思いを想像して、そのギャップに悲しくなることがある」

「へえ」意外に人情があるんだと、甲山の顔を見た。

「まあ、そんなことはええ。このおばあちゃん、しゃべり上手いやないか」

「とても、娘さんから認知症を疑われている人には見えませんでした」

「まあ古い記憶が鮮明なんは、うちのお袋もそうやけどな」

「そうなんですか」冷蔵庫から買っておいた缶コーヒーを取りだし、占領されている僕のデスクの上に置いた。僕はパイプ椅子に座って、プルトップを開ける。

「おお、サンキュー」甲山は礼を言って大丈夫やとは思うけど、あんまり昔のことを鮮明に語られたりすると、不安になる。いまがしんどいから過去に逃避しとるんちゃうかって」と僕を見た。

「逃避って大げさですよ」

「けど、逃げ出したいという気持ちが、昔はよかったっていう風になってやな、脳が現在を否定しよるんちゃうか。いまの情報をシャットアウトしてまうなんてことしたら、たちまち認知症みたいになるやろ」脳の研究はまだ浅いから、はっきりMRIなどで損傷なり萎縮が発見された場合以外の医者の診断には疑問があると甲山が言った。「心因性の認知症の方が多いんとちゃうか」

「心因性ですか」その表現の方が、認知症に関してはしっくりくるような気がした。

「心って不思議やからな。だいたいもう死んでおらへん帯屋はんのことに、わしらこないに頭を使てる。それは肉体はのうなっても心が生きてるからちゃうか」

「甲山さん。また何か企んでるんですか」僕は警戒モードになった。

「相変わらず、門川は人聞きの悪いこと言うな。おまえこそ、何かまだ隠してるんちゃうか」甲山が缶コーヒーのプルトップを勢いよく開けた。

「それは……」

ひさの証言に登場したズンドコ節や和美のことを執拗に問われて、帯屋老人のノートのことを白状するはめになった。携帯電話に打ち込んだズンドコ節と、和美への文章を彼に見せた。そしてついにあの8ミリフィルムのことも彼に打ち明けた。

一瞬顔色が変わったが、仕方ないなと言ってくれた。ただ、雑誌と映写機などの機材については、言いそびれてしまった。

「本当に、申しわけないと思っています」

「まあ、それは後で考えるいうことにしとこ。そや、そのノート見せてくれ」

「これなんですけど」段ボールからノートを出した。「ただ、破かれてて」

「まあ見せてみい」甲山はノートをひったくった。

「古いんで乱暴に扱わないでください」

「乱暴にて、すでにぼろぼろやないか」開いたノートを僕に見せ、責めるような視線を投げてくる。

「僕じゃないですよ。初めから破かれていたんです……」と言いかけて、菊池のことを思い出した。

「何や？」

「さらに破かれてしまったんです」菊池に会いに行った後、ズンドコ節の書かれたページがなくなっていた、と言った。

「何か、ごっつ意味があるいうこっちゃないか、この文章に。何を意味してるのか、ひさはんに見せたんやな」真顔を向けてきた。

「もちろんです。ちゃんと訊きました、ビデオの撮影を終えてすぐ」

「で、どない言うてた？」

「可愛いあの子というのは恋人のことだろうけど、その他についてはさっぱり分からないって言ってました。だいたいズンドコ節も『深度十五メートル想いを抱いて、消えたあいつの魂いづこ』なんて歌詞は、言い回しが直接的過ぎてダメだって言ってました。情緒のオブラートに包まないと検閲に怪しまれるって。ひささんと帯屋さんとの間では絶対にあり得ない表現だそうです」ひさの言ったことを思い出しながら、できる限り正確に甲山へ伝えた。

「そうか。飛行機の数が減ったから横須賀へ行った。そこで深海、つまり潜る訓練があったとすると……」甲山は何かを思いついたのか、飲み干したコーヒーの缶を細長い指ではじく。カンという軽い音と、彼の緊張感のある顔とが釣り合わない。

「うん。わしの方も長塚はんをいろいろ調べてたんや。戦時中のことがどうもはっきりせん。所属部隊なんかもようは分からへん。ほんでそんなことに詳しい人間に話を聞くとな、特殊部隊やないかと言いよる。で、横須賀にあった部隊の資料を読んでたんや」

「分かったんですか」

「このビデオを観て、ピンときた。わしが思うに、これは人間機雷のこっちゃで」そう言うとさらに険しい顔を向けた。

「機雷って、敵の艦船を爆破させるため海に仕掛ける、爆弾のことですよね」

「機械水雷や。爆弾を背負って水中に潜むねん。ほんで敵の船がきたら、長い棒機雷で相手の船底を突いて……」甲山がドカンっと口で言う代わりに、今度は五本の指で空き缶をはじいた。

「そうか、それで自爆作戦ですか」特攻みたいなものだ、と長塚が言ったこととつながる。

「むなしい自爆やな」

「つまり、飛行機で敵艦を攻めるのではなく、相手が頭上までくるのを待つから、菊池さんは特攻隊とは言わなかったんですね」

「いや、そうやない」甲山がきっぱりと否定した。

「違うんですか」

「特攻は特攻なんや。けど、作戦が実行されへんかった」

「僕にも分かるように言ってください」パイプ椅子を、甲山の方へ近づけた。

『伏龍』特攻隊ちゅうのもあったんや。そんなようなもんと思う。けど、それは実際には上手くいかず、幻の自爆作戦と言われてる」

「幻って……でも事実、和美さんは亡くなったんですよ」

一人死なせたことに責任を感じ、帯屋老人は和美の両親に土下座までしたのだ。

「それは」甲山は、携帯を開いた。そしてさっき僕が彼の携帯へ転送した帯屋老人のノートの文章を見ながら『かぶとの中での主張』と関係ありそうやな」と言った。

「和美さんの死と関係があると言うんですか」

「それは分からへん、確かめんと……ここまで調べがついてるんやから、隠さへんやろう」

甲山が顔を向けた。

「隠さないって、誰がです？」

「すべてを知っている人間や。指揮をとってた班長はんや。かたくなに和美はんのことを隠した現場責任者」

「長塚さんに訊くんですか」

「他におらんやろが」甲山が何を言ってるんだと、首をボキッと鳴らした。

「あの人が話してくれるとは、とても思えないんですけど」

僕は長塚と会って話した印象を伝えた。

「なんとまあ、門川の家にまで来よったんか」

「僕は玄関で追い返そうとしたんですけど、強引に」

「長塚はんは、なんでそないにその8ミリが気になったんやろな」甲山は顎を撫でながら言った。

「ささっとリールからフィルムを引き出して映像を確認したんです。それで思い違いだったようで、僕に頭を下げました」

「そないな強引やった爺さんが、頭を下げたんか」

「びっくりしました」

「そうか。爺さんが探していたフィルムには何が映ってたんやろ。よう知ってるはずの和美はんの存在を隠したことを考え合わせると……」怖い顔を僕に向ける。

「何を考えてるんです」

「和美はんの戦死と、帯屋はんの8ミリフィルムか」と首をひねって「そや、わしにも盗んだ8ミリ観せてくれ」と言った。

「盗んだって言わないでくださいよ、反省して白状したんですから」盗んだことに変わりはないが、改めて言われると胸が痛い。「でも、長塚さんが思うものではなかったんですよ」

「いや、それはかまへん。わしも、門川監督が感動したという8ミリ映像を観てみとうなったんや」

甲山の嫌みは健在だ。

「はあ、元々僕のものじゃないんで」と言って苦笑いした。

「よっしゃ。また寄らせてもらうわ」甲山が含み笑いをみせた。「ほな、あんじょう仕事はせえよ。今晩も警備のバイトなんやろ」僕の肩を叩いて、立ち上がった。

次の日の午後、甲山が、僕の家に乗り込んできた。管理人のバイトがないから油断していた。

「上がるで」すでに光沢のいい革靴を脱いでいる。

その強引さは長塚と変わりない。

「ちょっと待ってください。片付けますんで」

「男同士やかまへん。気ぃ遣うな」彼はそのまま奥へ進入し、やっぱり僕のベッドに尻を下ろした。

「あっ」気を遣ってほしいのはこっちなのだ。

「しかし暑いなこの部屋」甲山はスーツを脱ぎ、ネクタイをとった。ワイシャツのボタンを外し腕まくりする。「いまどき、エアコンもないんか」部屋を見回した。

「窓開いてるんですけどね」うなりを上げる扇風機を彼に向ける。

「ほな上映してんか」

「甲山さん、ちょっと立ち上がってもらえますか」

「畳に座らんとあかんのか」

「じゃなくて、シーツがスクリーンなんです」ベッドのシーツの端を持ち上げた。

「お前、苦労人やな」甲山はベッドから尻を上げて、そのまま畳の上にあぐらをかいた。

僕はカーテンを閉めて、シーツを張った。

帯屋老人の映写機を取り出し、8ミリフィルムのリールをセットする。

「電気、消します」声をかけて、部屋の明かりを切った。

モーター音と共に、僕には見慣れた映像がスクリーンに映し出される。それでも、彼女が登場すると、瞳や口の動きに見入ってしまう。甲山がいるのも気にならないほど、映像に引き込まれていた。

「なるほどな」フィルムが終わると甲山がつぶやいた。

僕は映写機のスイッチを切り、部屋の蛍光灯を点けた。

「門川が欲しゅうなったのが、何となく分かったわ」瞬きをしながら甲山が言った。

「傑作だと思いませんか」ベッドの上に座った。椅子取りゲームに勝った思いだ。見下ろす目線も気分がいい。

「映像を観る目がないさかい、傑作かどうかは分からへん。けど、このおばちゃん、生き生きしとんなぁ。ほんで……」少し考えて「妙に懐かしい顔なんや。初対面とは思えへんのや」と感想を漏らした。

「懐かしい、か。確かにそうかもしれません」同感だった。

「このフィルムのおばちゃんに会いたいんやな、門川は」

「ええ。会ってみたいです。それにこの場所にも立ってみたいんです」この女性がまだ元気なら、同じ場所でビデオを撮りたい、と言った。

「社の前で証言してもらうっていうのは、どうです？」

「うん、ええな。四十年ちこう年月が経ってるだけに、かえってドキュメンタリー映画としては奥行きみたいなもんを感じさせるなぁ」

「僕は、すでになくなった帯屋さんの故郷に行けば、撮影場所が分かると思ってたんですけど、残念ながら……」

「そら、どれだけ狭い集落でも、闇雲に歩いては行き当たらんで。何かヒント摑まんとな」

それは僕も分かっている。だから何回も目を皿のようにして映像を観た。何か特徴的なものが、背景に映り込んでいないかを確かめたつもりだ。

「何か気づきました？」甲山に訊いてみた。

「もう一回、観せてくれ」

「いいですけど」と言ってもう一度上映した。

「背景は、どこにでもあるような森とか神社の境内やな」見終わって甲山がつぶやく。そして「もう一回、観よか」と言った。

それから何度観ただろうか。気づくと部屋の電気を消しても、西日がスクリーンを裏から照らして映像が薄らいで観にくくなっていた。

「おう、六時か。飯でも食いに行こか」甲山が立ち上がって電気を点けた。「鰻でも食おうや。おごったるさかい」と誘った。

「いいんですか」迷いながら訊いた。

「そうや、お前宍道湖の方の出身やったな。食い飽きたかもしれんけど、鰻丼の特上食わしたる。これでも高給取りなんやで」と大声で笑った。

迷ったのは、甲山と食事をするなんて、自分でもありえないシチュエーションだと思ったからだ。

甲山の知っている鰻専門店まではタクシーを使った。彼は常連のようで、店主と言葉を交わすとトイレに行った。僕は店主に二階の座敷へ通された。

ややあって甲山が座敷に座ると「さっき警備の方に電話しといた」携帯電話を持つ仕草で言った。

「ええっ」

「こないなところきて飲まへんのも、愛想がない」

「僕、アルコールは……」

「ああ、大船渡での一件のことか。何も分からんようになるくらい酒に弱いんか」

「自分では、よく分かりません。でも気を失ったのは初めてですね」

「菊池の爺さんが、ノートを破りよったんは確かなんやろ？」

「そうとしか考えられません」その裏に長塚の指示があったと思っている。

「ほな酩酊して気ぃ失うたんも、偶然とちゃうということになるな」

「酔いつぶされた僕がいけないんです」いくら菊池に酒を勧められても断ればよかったのだ。

菊池の顔を思い出すと、なぜか隙を見せた自分にも非があったと思いたかった。

「門川は年寄りに気に入られる。せやから管理人のバイトに向いてるとわしは思たんや。けど、爺さんに弱いとはな」

「そんなこともないですけど」

「いや、弱い。わしやったら睡眠薬でも盛られたと思うところや」

「そこまでしますか」

いや逆に、そこまでして実行したのが、ノートの一ページを破り取るというだけなのがおかしい。間尺に合わないだろう。

「それだけ目障りなもんやったということや。記憶に残っているというのと、書いたもんが実在することとは意味がちがう。不動産登記なんかを扱ってると、書面ちゅうもんの重要性が痛いほど分かる」

甲山は携帯電話をスーツのポケットから出して、僕が送ったメールを見ながら、「このズンドコ節は、少なくとも同じ部隊にいたもんにとって、書面では残っててほしくないもんやということや」と言った。

鰻料理が運ばれてきた。鰻丼ではなく、鰻づくしの会席料理だった。

「まずはビールで乾杯しようや」甲山が瓶ビールの栓を抜き、グラスに注いでくれた。

「実はな、長塚はんのことは前から気になってたんや」一気にビールを飲み干し、二杯目を自分で注ぐ。

「どうしてですか」

「まあ食え」甲山は八幡巻を口にした。「長塚家は、江戸時代くらいから続く地主の家系なんや。萬栄荘もその一つやけれど、他にもぎょうさん不動産を所有してる」

千里興産と府内の医療法人とが、現在計画している高齢者向けマンションへの協力を長塚家に持ちかけたいのだという。

「じゃあ長塚さんの嫌がることは、しない方がいいじゃないですか」どう考えても、帯屋老人に関することや戦争中の話は、長塚が喜ぶものではない。

「いや、帯屋はんのことを調べてる門川の話を聞いて、わしはあることを思いついた。長塚はんらの年齢の人は、みな戦争経験者や。つまり戦友という強固な結びつきを持った仲間がいる。みんなええ思い出ばかりやないし、二度と顔を合わせとうないちゅう場合もあるやろう。けど、わしらには考えられんほどの絆もある。長塚はんへのアプローチとして戦争で大変な目に遭うた人の、心から安らげる終の棲家の提供というコンセプトは、どうかってな」

「心から安らげる終の棲家ですか。確かに、楠瀬さんが入所しているマンションは、そんな感じがしました」入居者の表情の穏やかさが、快適さを物語っていた。しかし千里興産が、あれほど良心的な高齢者向けマンションを建てるとは思えない。

「門川は、いまうちが転居を勧めてるマンションのことを思い浮かべてるやろ」

「まあ」

「あれはあかん。あのマンションは、ニュー千里アパートに住んでいる人間の収入に合わせたもんや。いま計画してるのは、かなりハイレベルや。いうなれば長塚はんレベルの金持ちちゅうことになる。不動産なんかいくら持っててもあの世には持っていかれへんやろ」

甲山は、持っている不動産を査定して、同一価値の高齢者向けマンションを建設するというシステムを考えているらしい。よく分からないが等価交換によって節税になるという。

「ただ高齢者向けいうてもピンときいひんやろうと思案してたんや。で、戦友あるいは戦争体験者にこそ安息の住まい、安心の終の棲家ちゅう説得材料を思いついたわけや。これは責任を感じてる上官であればあるほど効く口説き文句になる。とくに部下を亡くしたなんていう経験の持ち主にはな」と言うと甲山は旨そうにビールを飲んだ。

帯屋老人の人生を描くドキュメンタリー映画制作も、甲山にとってはやはり所詮商売の種なのか。

僕はただその片棒を担がされるだけなのだ。

「どないした、浮かん顔して。食えや」

「怒らせることになるかもしれませんよ」

「長塚はんをか？」

「だけじゃなく、部隊の方たち」

「わしはな、何も長塚はんの部隊だけをターゲットにしてるわけやない」甲山がそう言ったとき、吸い物と蒲焼きが運ばれてきた。並べ終わるのを待って「帯屋はんのドキュメンタリー映画は、少なからず戦争体験者の胸を打つ。またそないな映画に仕上げてもらわんとあかんのや」と真剣な顔で言った。

「そういうことですか」甲山の意図がやっとつかめた。

「プロパガンダや。門川の証言も撮るで」

「僕の証言って？」

「帯屋はんの遺体を発見したときのこと、彼の人生を調べる動機、このドキュメンタリー映画に対する気持ち、そんなもんを語ってもらう。そのためにプロを使わんと、門川を使うんやないか」

「…………」何も返事ができなかった。

ある程度分かっていたはずなのに、傷ついている自分がいた。

「元気ないな」

「いえ、そんなことない、です」

「人間機雷のことは、もうちょっとこっちでも調べてみる。こっちもある程度の知識を持っておいてから、長塚はんにインタビューせんとな。どこまでは許されて、どっから先がタブーなんか、その辺わきまえんと大変なことになるさかい」意味深に微笑んで「8ミリに何が映ってると思ったのかという好奇心も持たん方がええのかもな」

「もしかすると、それもはっきりさせないで終わるかもしれないんですか」

「あるいはな。門川は、あの8ミリのおばちゃんの所在とあの場所が分かればええんやろ。そっちの方は任せる。うまいことといったら、ええ映像になるし、バイト料はそれなりにはずむさかい」

その後、揚げ物、茶碗蒸し、そして鰻重に漬け物、味噌汁、最後にデザートの果物が出たが、ちゃんと味わえなかった。

心にむなしい風が吹いたと言えば格好いいのだろうが、そうではない。帯屋老人に対しての純粋な気持ちを、一瞬でも甲山が理解してくれたと勘違いしていた自分の甘さが、情けなかった。

こんな僕でも必要とされてる、などとどこかで思っていたことが悔しい。

14

甲山に鰻をご馳走になってからしばらく、僕は帯屋老人のことなどどうでもいいと思うようにしていた。段ボールの上に昔観た映画のパンフレットを積み上げて、8ミリフィルムの存在も忘れようと努力した。

しかし二日もすれば、ズンドコ節が気になり、8ミリの女性に会ってみたいという思いが募ってくる。だいたい一〇三号室の前を通るたび、帯屋老人の顔も脳裏に浮かび出す始末だ。

憑かれてる？

そんな馬鹿なことまで考えてしまう。

ふがいないと思いながらも、再び甲山の手のひらに乗ることにした。

甲山から画像処理の個人事務所を紹介してもらい、そこで8ミリフィルムから女性の顔写真のアップを三パターン作成した。首に手ぬぐいをひっかけて笑う正面の顔と、きゅっと口をつぐんだ真顔、そして宙を仰ぐ横顔だ。さらにその際、気になる背景を四ヵ所選んで、プリントしてもらった。

それらを持ってもう一度、ひさに会うことにしたのだ。電話番号を聞いていたため、今度はスムーズにスケジュールを合わせることができた。

浅利家に着くと機嫌良く史乃が出迎えてくれた。なんでもあのビデオ撮影以来、母親の調子がいいのだそうだ。

「今日も、門川さんがくるのを楽しみにしてました」史乃が先日撮影に使った部屋へ、僕を招き入れながら言う。

「本当ですか。それなら嬉しいです」笑って言ったが、どこかがむずがゆい。

「でも遠いのに、大変ですね」史乃はテーブルに茶を置いて、ひさを呼びに行った。

「どうぞ、お構いなく」僕は畳に座った。

すぐにひさは姿を見せて「門川さん、ようこそ」と会釈した。

史乃の言う通りこの前より顔色がいい。

「映画はできましたか」

「いや、まだまだかかります。そうですね、二、三ヵ月は必要です」

「そうなんですか」彼女は残念そうな顔を見せた。

「でも、この間の浅利さんの映像は、とてもいいものが撮れました。ありがとうございました」僕は軽く頭を下げた。

「まあ、よかった」ひさが微笑む。

「今日は、浅利さんに見ていただきたい写真があります」鞄から用意した写真をすべて取り出した。「まず、この方をご存じないですか」とひさにリヤカーを引く女性の顔写真を見せた。

彼女は写真を手に取った。その瞬間、眉が動いたような気がする。知っているのだろうか。

「どうです？」ひさの表情に注意しながら訊いた。

「そうね……」とひさが首をかしげる。

動きがぎこちない。

「見覚え、ないですか」

「ええ。知らない人です」写真から目を離し、僕を見た。

「そうですか」わざと残念そうに言った。「念のためにこちらのアングルのものも見てください」横顔などの写真もテーブルの上に並べた。

「知りません」ひさは一瞥して答えた。反応が早い。

「もう一度、よく見ていただけませんか」ちゃんと見る気がないように感じられたので、ひさに確認した。

「知らない人は、何度見ても同じ。こんな人見たことないです」と強い口調で言うと、ひさは写真から目を背けた。

「この場所はどうです?」今度は背景の映った写真を彼女に渡した。

九十九折りの道、少し開けた高原、社の内部に境内とひさは見ていく。だが、その目の動きに緩慢さを感じた。やはりちゃんと見る気があるように思えない。

女性の写真を見てから、表情が曇り出し、僕の顔も正視しなくなった。

「浅利さん。僕は帯屋さんの生きた証を映画にしたいと思っているんです。けっして帯屋さんの秘密を暴こうとしてるのではありません」

「分かってますよ」笑顔を向けてくるが、僕の目は見ていない。

「女性の顔を見てから、浅利さんの様子が変になったような気がするんですが」

「それは……ひょっとしたら知ってる人なのかなって記憶をたどっていたから。でも、全然知らない顔だった。忘れてしまったのかも、昔のことだから」

「六十五年以上前の帯屋さんとのことは、あれほどはっきり覚えていらっしゃるのに?」できるだけ優しく言った。

「史朗さんとは、他人じゃないから」

「この写真は、昭和四十七年頃のものと思われます。ですからいまから三十……」

「分かってます! でも赤の他人です」と僕の言葉を遮った。

その態度に、ひさが写真の女性を知っていると確信した。しかし彼女が認めない以上どうしようもないし、確かめようもない。

「そうですね。仕方ないです。すみませんでした」

僕は荒れたひさの心を何とか静めようと、たわいない雑談を交わして浅利家を後にするしかなかった。

玄関を出て、タクシーを呼ぼうと携帯電話を取り出す。すると後ろから史乃に呼び止められた。

「あの、門川さん」

僕は振り返った。

「私にも見せてください、写真」駆け寄った史乃が言った。

「えっ」

「すみません、聞こえたもので」史乃は頭を下げた。

「僕、お母さんに強く言い過ぎましたね」

「いえ、そんなことは……。ただ、門川さんの写真が気になっただけです」そう言ってから
「知らないと言い張ったときの、母の声の調子が変だったから」と史乃が付け加えた。

「そうですか。ではどうぞ」鞄から写真を出し、史乃に手渡した。

史乃は手にしていた眼鏡をはめて、写真を凝視する。

「それが誰だか分かりますか」沈黙を嫌って声をかけた。

「似てる」史乃が小さく漏らした。

「誰にですか」気持ちが逸る。「どなたに似てるんです？」

「ええ、確かではないんですが……」と眼鏡を下げて上目遣いで僕を見た。

「小さな手がかりでも、ほしいんです」

「古い話です。私が二十歳くらいだったときのことなんですよ」史乃は眼鏡を取った。

「それは昭和でいうと、何年頃ですか」

「四十七か八年くらいだったと思います」

帯屋老人が故郷を撮りに帰ったと菊池から聞いた時期と符合する。その二年後に浅利家もここに移ってきている。

「この女性が家にやってきて、母と言い争いになったんです。私が割って入って何とかなだめたんですけど」

「よく覚えてますね」

「そのときの女性、襟元に手ぬぐいを巻いてたんですよ」史乃は自分の首元を手で触った。

「それにとても印象に残ることがもう一つ」

「何ですか」

「その女性が荷物を運んでいたんです」

「もしかしてリヤカーで?」

「そう、そうです。野良仕事をする格好でもないし、あの荷物は何だろうって思ったことを覚えてます」

「この写真ではトリミングされてますから分からないんですけど。この女性はリヤカーを引っ張って商売をしてる人です。ですから、お母さんを訪ねてきた女性に間違いないと思います」

「でもどうして、この女性を探しているんです？」母に関係があるのか、と史乃は訊いた。

「お母さんに関係があるかどうかは分からないんですが、帯屋さんの知り合いであることは確かなんです」

「前夫の知り合い、ですか」

史乃が何を考えているのかすぐに分かった。

「僕はこの女性に会いたいと思っています。帯屋さんの遺品の中に8ミリフィルムがありまして、それにこの女性が映っていたからです」

「遺品の中に……」

「この方に関して、何か思い出せませんか」

史乃はまぶしい太陽を仰ぎ、しばらく考えていた。

すると、家の中からひさの声がした。「はい、いま行く」と史乃は玄関に向かって返事した。

「何か思い出したら、ここに電話かメールを」慌てて名刺を差し出した。

「分かりました。では」史乃はお辞儀をして家の中へ入っていった。

その足で大船渡へ行き、予約を入れていた〈綾里〉に宿泊した。

「この前はご迷惑をおかけして、すみませんでした」主人の顔を見て、まずは二日酔いでの失態をわびた。

「気にしないでけらい」

「それにバタバタしてしまって」

「ワゴン車にうちの坊主一人では、エコロジーに反するでがんすから」主人は豪快に笑い
「菊池さん、二階の楓の間にみえてますよ」と急に小声になった。

「そうですか、何もかもありがとうございます」

予約を入れた際、僕が泊まることを菊池に知らせておいてほしいと主人に伝えておいた。その頼みを、主人は忘れないで実行してくれていたのだ。

僕が〈綾里〉へ泊まることを聞いて、わざわざ部屋で待っているところをみると、彼は自分のしたことを多少悪いと思っているのだろうか。

フロントの横の階段を上がると一番手前が楓の間だった。

戸口に立つと「菊池でがんす」と中から声がした。そして彼が襖を開け、顔を覗かせた。

「この間は、どうも」と頭を下げる。

「いや、飲ませ過ぎたみたいで。こっちこそよぐながったね」と菊池が顔をくしゃくしゃにしながら言った。「勝手にお邪魔して」頭をかきながら、僕を部屋の中に入れた。

「いえ、ちょうどよかったです。菊池さんに話があったので、お宅にお伺いしようと思っていたところですから」荷物を部屋の片隅に置き、座卓の前に座った。

「俺もあんたに話があったでがんす」菊池は苦笑しながら出っ張った耳たぶをつまんだ。

「菊池さんが、僕に？」

「もう分かってるんでがんしょ？」

「ノートの件ですね」感情を押し殺して言った。

「いや、それは……」

「あの後、長塚さんに会いました。ですから想像はつきます」

「そのようでがんすな。長塚さんから聞きました」

菊池は僕が現れたらその言動を報告するように、長塚から言われていたと明かした。

「あんたを見張るようなことになってしまって……。それについては、申しわけなかったと思とるでがんす。あんたとは二度と会わねえと思うとりましたんで」

「本当にびっくりしました。菊池さんがそんなことをするとはどうしても思えなくて。だから残念な気持ちになってました。でも、逆にそこまでする必要があるほど、あの文面には秘密があるんだと分かりました」

「秘密、そったらものねえのすよ」

「人間、機雷」ぶっきらぼうに言った。

「……どうしてそれを」菊池がギョロッとした目で睨んだ。

甲山の推測に間違いがなかったことを確信した僕は、口調を強めて尋ねた。「菊池さんたちは人間機雷の特殊部隊に所属されていたんですね」

「そこまで、知っておられたでがんしたか」菊池が座卓を見つめた。

「でも、いくら幻の自爆作戦を遂行する部隊に所属されていたとしても、あのノートを破り取ることはないのではないですか」

「………」彼は口を結んだ。

「というより、そんなことをしても歴史的な事実は変わりません。いえ、僕ごときがあのノートを持っていたとしても、なんの問題にもならないじゃないですか」

すでに存在が明らかな特殊部隊員の遺した文章を、一介のアルバイトが公表したところでマスコミも飛びつかない。

「信じてがんせ、俺を。本当に帯屋の心を汲んでの行為だったのす。長塚さんも俺も」と菊池は言い張る。

「帯屋さんの心？　僕だって、それが知りたくて調べてるんです。菊池さんたちが分かっているなら教えてください」責めるような口調になっていた。

「教えろ、と言われても」困惑した顔で言った。

「そうだ、カメラの前で喋ってもらえないですか」

「カメラって、そったらことできるわけねえ」両手で拒否した。

「じゃあ、どうしてノートを葬りさることが帯屋さんの心を汲むことになるのか、教えてください」

「無理な相談だ」ゆっくり首を振る。

「水谷和美さんの死と、関係があるんですか」和美のことを持ち出す気はなかったのに、つい口が滑った。

「和美！」

「ええ、帯屋さんの故郷の友人で、隣の集落出身の方ですね」

「なんして、そこまでほじくり返すのす」

「帯屋さんのことが知りたいからです」

「だから、そのわけを訊いてるんだ」

「僕は、いいドキュメンタリー映画を撮りたいんです」

僕がドキュメンタリー映画の制作を目論んでいる話は、長塚や楠瀬から伝わっているだろう。

「それだけ？」菊池は疑いの目を向けてきた。

「ええ。会社側は宣伝材料にしたいという思惑があるようですが、僕は本当に帯屋さんの人生を切り取りたいだけです。そして……」

「そして、何です？」

「どうして、一人で亡くなることになったのかを……」企画の肝を口にしようとしたが、出てこない。

ちゃんとテーマが絞り切れていないのだ。これでは、いくら撮りためた映像を編集したとしても、誰一人納得させられない。

「亡くなるのを、何でがんす？」

「すみません。まだ、まとまってません」正直に謝った。

「あんた、見た目以上に正直者かもしれねえでがんすな」菊池は優しい目を向け、「長塚さんが、いまどき珍しく正直な若者だと言うておられた」と言った。

「長塚さんが？」

それは褒め言葉なのだろうか。

「ええ。しかし、いくら正直者だどしても、あんたに和美の話をするつもりはねえ。諦めてほしい。今夜、ここにきたのは、ノートを破り取ったのが俺だということとその理由、そしてそれらみんな帯屋の遺志を継ぐものだってことを、あんたに伝えるためだじゃい」言い終わると菊池が勢いよく立ち上がった。

「水谷さんの死は、みなさんにとって何だったんです？」

菊池が僕を見下ろす。「何も、俺は言わねえ」と首を振った。

「僕は、帯屋さんが撮った8ミリに魅了されてるんです。あなたが言った通り、昭和四十七年に故郷へ帰った帯屋さんが撮ったものにちがいないんです。この人、この女性の、この笑顔に惹かれたんです」そう言って僕は、自分のしていることを何とか分かってもらおうと、女性の写真を鞄から取り出した。

座卓の上へ写真を並べる途中で、「そったらもの見ねえ」と言い捨て、菊池はさっさと部屋を出て行った。

「菊池さん」大声で呼んだが、階段を下りていく音だけが聞こえた。

僕は舌打ちをして、写真を座卓の上に置いた。

気分を入れ替えようと、部屋に用意されていたポットからコップに水を注いで勢いよく喉に流し込む。よく冷えた氷水が気持ちよかった。

上手くいかないな。

ため息をついて、畳の上に仰向けになった。大の字になって、天井を見つめる。この前は、二日酔いで回っていた天井だ。

僕にはドキュメンタリー映画は無理なのかもしれない。そもそも人間嫌いの僕が、映画監督になれるはずがないのだ。

映画好きの引き籠もり、一生アルバイトで食いつなぎ行き着く先は……孤独死か。

そう考えると急に寒気がした。

「こんばんは」外からの男性の声でびくっとした。

身体を起こし「はい」と返事をした。

「すみません門川さん。あの僕です」

聞き覚えのある声だった。

ほっとして「どうぞ」と襖を開きながら「やあ、この間は助かったよ」と言った。

菅原晋が盆を持って立っていた。盆には緑色した瓶ビールが一本と小鉢が載っている。

「親父がこれを持ってけって」晋が微笑んだ。

「僕は、頼んでないけど」

「菊池さんが帰りざまに、頼んでいったみたいですよ」

「菊池さんが？」

怒って出て行ったんじゃないのか。

「いいんじゃないですか、もらっとけば」そう言いながら部屋に入り、「これ、置いてきますね」と晋が座卓に盆を置いた。

「晋くん、二十歳だよね」

「そうですけど」

「アルコールは飲める？　もしよければ」人を酒に誘ったことはなかった。だからどう言えばいいのか分からない。

「アルコールは好きな方です。っていうか、このビール特に旨いです」立ったままの晋が、笑顔で言った。

「じゃあ付き合ってよ」

「逆に、僕でいいんですか」人なつっこい顔を向けてきた。

「一緒に飲もうよ」晋に座卓の向かい側に座るように促した。

「いいのかな。じゃあコップともう一本、ビール持ってきます」と言って部屋を出て行った。

コップを合わせて乾杯し、澄んだグリーンのビールを一気に飲み干すと「菊池さんと、何かあったんですか」晋が尋ねた。

「菊池さん、何か言ってたかな」僕もコップを空けた。

晋が相手なら、この前のように気を失うことはないだろう。

「いえ、菊池さんは何も。ただ思い詰めたような顔つきだったから」

これまで晋と顔を合わせた菊池とは、雰囲気がちがっていたのだそうだ。

「普段はどんな人なの？」

「もう漁師は引退してるんで、隠居なんだけど、店のことはほとんど菊池さんが仕切ってますね。うちの料理に出す食材のことで、よく親父と話してます。というより親父なんかいつも怒られてますよ。小僧扱いだって言って笑ってます。仕事一筋っていう感じですが、ありがちな気むずかしさはないですね。僕なんかにも気さくに話しかけてくれるし」

「過去の話とか聞いたことは？」

「昔の話は、よく聞きますよ。この辺りの町並みの話とか、多いのは漁のことかな。マグロを深追いし過ぎて死にかけたなんて話ですね」

「戦争の話を聞いたことあるかな。自分が兵隊にいたときのことなんだけど」

「兵隊ですか、聞いたことないですね」考えながら晋は答えた。

「ないか」僕はつぶやく。

「門川さんは孤独死した人のことで、菊池さんに会いにきたんですよね」晋は親父に聞いたんだけど、と言った。「亡くなった人と、菊池さんが戦友だったんですか」

「うん。でもなかなか難しい問題があるようで、思うように話が聞けないんだ」愚痴をこぼしても仕方ないが、ぽろっと口から出てしまった。

「そうだったんですか」晋は自分のことのようにため息をついた。「うちの親父からも、菊池さんが兵隊さんだったときのことなんか、聞いたことないですね」と慰めるように付け加えた。

「触れたくないんだろうね」

「やっぱり、戦地で嫌なことがあったんでしょうか」晋はビールを注いでくれた。「この写真は？」と座卓の上の写真に目を落とす。

「それはね……」

僕は帯屋老人の8ミリフィルムのことを話した。

「へえ、形見の8ミリフィルムだなんて、それ自体が映画みたいな話っすね」

「まさしく、帯屋老人のドキュメンタリー映画を撮ろうとしてるんだ」

「マジですか。凄いなぁ」晋が目を輝かせた。

「帯屋さんがカメラで撮った場所に立ちたい、と秋田県の山間の集落を探して回ってるんだ」

「俺も秋田の山間部によく出かけますよ」

「そうか、確か古くなった文化財を探してるんだよね」

「朽ち果ててるものですけど」

「じゃあ、これを見てくれないか。手がかりはその写真しかないんだ」

僕は、写真では分かりづらい女性の背景を8ミリ映像を思い出しながら、ざっと説明した。

僕が話し終わると晋が、「背景といっても、特徴のあるものが映ってないですかね」と言った。「ルーペ持ってきます」そう告げ、部屋を出て行った。

ややあって戻ってきた彼の手にはルーペと、ビールがあった。

「もう一本、飲んでください」晋は写真を一枚一枚丁寧にルーペを使って観察し出した。

「フィルムそのものを持ってきた方がよかったなあ」あの臨場感は、実際に観た者にしか分からない。

「まあ、僕がお役に立てるか分かりませんから」

「いや……」

晋に話すことによって、捨て鉢になりかけた気持ちが消え、またやる気になっていること
だけでも、充分役に立っていると言いたかった。

僕は、鑑定士がお宝の値踏みをするのを見守る客のように、息を殺して待つ。しかし十分
ほどすると喉の渇きに耐えられなくなり、ビールを口にした。

「どう、何か分かった？」期待しないでおこうと思うが、訊いてしまう。

「ううん、手がかりが少ないですね」晋が呻った。

「やっぱり、そうか」

「でも、皆無ではないです。ここ見てください」晋が写真と一緒にルーペを僕に渡した。

見慣れた写真も拡大すると、何だか別のものに見えるから不思議だ。

「この神社ね」それはずっと気になっていたものだ。「ヒントになると思ったんだけど、ただ社の内部、それも天井の一角のみだから、難しいんじゃない？」

「ひょっとすると、もの凄くヒントになるものが、映っているかもしれないんですよ」と晋は声を弾ませ、微笑んだ。

「それ本当かい？　もしかして、この額みたいなもの？」

天井の一角にかかっている額には、丸と三角の図形が描かれていた。「これが凄いヒントになるの」

「写真、お借りできますか」

「……そうだね」少し迷った。菊池の顔がちらついたのだ。ここ〈綾里〉は、菊池と近しい関係の民宿だ。

晋とて菊池の回し者かもしれない。彼に愚痴を漏らしたことが間違いだったのだろうか。

「ダメなら、デジカメで撮らせてください」と晋が言った。

「そうしてくれた方がいいね」会社のものだからと、言いわけした。「それで、何か分かったら」

「すぐにお知らせしますよ。この類の額を求めて神社仏閣ばかりを巡っているゼミのサークルがあるんですが、そのメンバーに写真を見せたいんです」

「この類の額か……。まあ見てもらわないことには始まらないよね」

「ええ」晋がうなずいた。

「じゃあ、お願いするよ」不安はあったが、彼に頼むことにした。いまは一縷《いちる》の望みに賭けるしかなかったのだ。

僕たちは改めて、ビールで乾杯した。

15

朝、僕は民宿の内線電話で晋に起こされた。いい塩梅にアルコールが効き、ぐっすり眠っていたために午前九時半を回っていた。

「いけない、チェックアウトの時間だよね」

「それもあるんですけど。今日、時間あります？」晋の声がやけに明るい気がした。

「どうしたの」

「例の写真を友人にメールしたんですよ」

「何か分かった？」

「まだ確証はないんですけど、大学のデータベースを使う許可が下りたんです」

大学の潜在的文化財を調査した結果を見ることができるから、一緒に見に行かないかという晋からの誘いだった。

「奉納額ばかりを集めたものがあるんだって言ってました」

「それはすごい。行くよ、いや行かせてもらいます」

内線電話の受話器を置くと、すぐに着替えて出立の準備を整えた。部屋のドアを閉めるその手で、晋の申し出を甲山に報告する。

甲山はバイトの調整をするからと、二日間の休暇の延長を提案してきた。それはありがたい話で、当然二つ返事で受け入れた。

「詳しい報告、待ってるで。きっちり、ええ仕事してや」空振りは承知しない、というプレッシャーをかけるところが甲山らしい。

携帯をジーンズの尻ポケットにしまうと、玄関に晋が待っているのが見えた。

「今日はスーツじゃないんですね」晋が笑いながら訊いてきた。

「馴れない服装は窮屈でダメだね」晋にそう答え、フロントに彼の父親を見つけると宿泊の延長を告げた。「同じ部屋、空いてますか」

「空いてます。ありがとうございます」主人は丁寧に頭を下げた。

「よかったです。借り物のスーツをハンガーに掛けたままだったんで」

僕は、晋に向かって微笑んだ。

一ノ関駅から「やまびこ」に乗り仙台へ出てJR仙山線で山形駅へ、そこからバスで約二十分計三時間ほどかかって、晋の通っているT芸工大学に着いた。それでも鉄道の方が所要時間は短いのだそうだ。

大学は夏期休暇だったが、サークル活動をする者や、研究室で制作などに汗を流す学生がキャンパスにはいた。晋はまっすぐに友人の所属するゼミの研究室に向かった。近代的な建物を抜けて、緑の多い中庭へ出る。

「ガラス張りの建物があるでしょう。あそこに文化財修復ゼミのサークルがあるんです」歩きながら晋が指を差した。

「きれいな建物だね」

文化財を修復すると聞いて、博物館の古い建物を頭に描いていた。

「カビ臭いところだと思ってたでしょう?」

「まあね。でも全然違うね」

「いや、中に入ればカビ臭いかも」晋が笑った。

彼の言う通り、建物に入ると埃っぽい石仏のオブジェが出迎えてくれた。その横の壁面にはいかにも古そうな木片がずらっと立てかけられている。カビ臭さよりも土塊に近い臭いが漂っていた。

晋はさらに進み、一番奥の部屋のドアに鍵を差し込んだ。

「ここにみんなが集めたものをデジタル化して保存してるんです」と晋は言いながら中へ入り、電気のスイッチを入れた。

明かりが点くと、まるで映画の撮影所のような機材が並んでいるのが見渡せた。いくつもの照明器具が天井からぶら下がり、大きな映写カメラのレンズが睨みを利かしている。

「へえ、面白いな」

「持ち込めるような造形物はここに置いて撮影するんです。それをデジタル処理で立体にして遺したり、本物そっくりのレプリカを作ったりしてます」

「そんなこともするんだ」

「そればっかりじゃないですけどね。誰かが保存しておかないと、本当になくなってしまいますから。作者が有名だと遺るんでしょうけど、名も知れない職人さんが作者の場合はどんどん消えていきます。運べないものも画像とかレプリカを作成してでも遺さないと……。この奥に、収集データを見る端末機があります」

晋は三台設置してあるコンピュータのディスプレイの前に座った。その手で電源を入れながら、僕の座る椅子も用意してくれた。

礼を言って座り、共にディスプレイ画面に目を遣る。数分かかって起動した画面に、晋が〈算額〉と入力した。

「算額？」聞き覚えのある言葉だったが、意味は分からない。

「前に一関市博物館の話をしましたね」

晋はキーボードのエンターキーをぽんっと中指で押した。

「君が、展示を見に行っているところだよね」

「そうです。そこにも常設展示してあるんですが、和算の絵馬のことです」

「数学の絵馬？」

「博物館には、江戸時代の図形の問題を解くといったコーナーもあります。和算の学者たちが登場した時期に、方程式とか、幾何学の証明問題などを作ることが、当時の商人や庶民の間で密かなブームになったようです。そこで難しい問題をより鮮やかに解いた人が、その解法を絵馬にして、こぞって寺社仏閣へ奉納したものが算額です」

晋が説明をしている間に、画面一杯、算額の写真が現れた。

「たくさんあるんだね」その数に驚いた。

「東北地方は盛んだったようです。岩手県出身の千葉胤秀《たねひで》が一関での和算ブームに一役買ったと聞いてます。なんでも農家出身なんですが、和算の能力で士分にとりたてられたんだそうですから」

「へえ、数学の力で出世したってことだよね」

「その後に藩の算術師範役を命ぜられています。藩の家老自身が関流の藤田貞資《さだすけ》の門人で梶山次俊《つぐとし》という人で、藩主の田村邦顕《くにあき》なんか、胤秀を寝所に呼んでは、自分が作った和算の問題を解かせたといいますね」

「さすがによく知ってるね」感嘆の声を上げた。

「全部、博物館の展示物の請け売りですよ」と晋ははにかみ「ここに入っているデータは、岩手を中心にして青森まで行き足で稼いだものばかり、九十三面分です。問題数は五〇〇を超えてますね」と言った。

「数学の問題が五〇〇、じんま疹がでそうだ」考えるだけで、本当に首の辺りにかゆさを覚えた。

「しかも、へんてこりんな図形の難問ばかりですからね。おまけに問題文も解法も文章は漢字だらけ」

「この中に、僕の写真の背景に映り込んでいたものがあるの」と訊いた。

数学の問題を解きにきたわけじゃない。

「友人の話では、問題の図形に似てるって」

「この丸とか四角が、図形の問題なのか……」写真を取り出し、そこに映っている天井付近に小さく見える額の絵を見つめた。

「そんな風には見えないでしょう？」首をひねる僕に、晋が言った。

「モノクロだし、小さいし。似たものをよく見つけられたね」

「まあ、実物を見てみましょう。そのものズバリだったら、場所が判明しますから」晋が検索し、算額の画像をいくつか呼び出した。

算額のデータには、詳細なマップ情報が含まれているという。

「それにしても、どうして数学の問題を解いたっていう絵馬なんて奉納したんだ？」

彼の言う通り算額の画像は、どれにもへんてこりんな図形問題が描かれていた。

絵馬の奉納なんて、あれがほしい、こうなりたいというお願いをするためのものではないのか。

「同じような疑問を持った者が、ゼミの先生に訊いたことがあるんですよ」

「先生はなんて？」

「よく分からないんだそうですが、数学を解くときにインスピレーションをわかせないといけないですよね。ひらめきというか、それを天啓だ、なんて解釈したんじゃないかって」

「天から降ってきたということか」

「天、つまり神さんのお告げだから、その喜びを奉納したんでしょうね」

「そんな風に考えるのか。現代なら相当なマニアか、オタクだね」

「主に和算は寺子屋で習うのだそうですが、中には、にわか和算家もいたと聞いてます。だから自分は本物だって証明するために奉納する人間もいたんじゃないですか」と晋が言って一つの画像を拡大した。「これのはずです」

僕は食い入るように画面を見た。

「実物には色がついているんだ」手にしているモノクロ写真と画面を見比べて言った。

三角形の内側は所々剝がれているが白く塗られ、円は黄色く見えた。額の背板に当たる部分は黒ずみ木目も分からない状態だ。

「元はもっとカラフルだったんだと思います。復元する際は、わずかに残った染料から塗られていた色を特定するんですが、結構派手だったりしますから」

「色のせいか、何だか違うもののように見える」

「色もあるでしょうが、写真は図形の右下の円と四角しか写っていないですからね。たぶんそのせいだと思います」

「なるほど、大きさも違うわけだし」写真を画面に押し当てて眺めてみた。

「きちんと検証してみましょう。昨日撮ったデジカメの画像と並べるとよく分かるはずです」

晋がキーボードを叩き、二つの算額を呼び出す。そして同じ大きさになるように調整し、図形だけを並べた。

「ほぼ同じ図形ですね」

「僕の写真に全部が映ってないのが痛いな」

「でも、劣化の仕方を見てください。とくに円です」

「確かに、かすれた部分が似てるね」

「もう一つ同一である特徴があるんです」晋が画面を切り替えた。「大学の先輩が集めたものをもう一度見てください」

画面に現れたのは、算額の全体像を映した画像だ。

「普通算額は幾何学の問題の場合、図の下に問題文が書かれています。これでいうと」晋はマウスを動かし、ポインタで図形の下を指した。「ここに、やっと読める文字で『今有三角内如図設方』とありますね」

「うん。漢文だね」

「本来は、この後に問題文が続くはずなんですよ。これじゃ三角の内側に四角があるって言ってるだけで、肝腎の問いがありません。ですが、この後の部分は黒ずみと劣化が激しくてまったく読めません。で、門川さんの写真を拡大して見ると『今有三角内』までは映ってるんです」

「本当に？」僕は目を凝らした。「文字のようなものがあるのは、何となく分かってたけれど、改めて見ると確かに今有三角内という字だな」

神社の特定をしようと、それこそ穴が空くほど写真は見た。そのときは見当すらつかなかった文字が、いまは晋が言うようにしか見えないから不思議だ。

「その有という字の月の部分を見てください。二画目の角が削れているんですよ」またマウスポインタでその部分をなぞる。「同じ大きさにして比べますね」

「ほんとだ、文字が欠けてるよ」どう見ても同じような削れ方だった。

「図形が似ていることは、算額の場合あり得ますが、文字の削れ方までとなると……」

「同一の算額と言っていい」晋の代わりに言葉に出した。そして「この画像はどこで撮ったもんなんだ？」と言った。

気持ちが逸る。

「これは、秋田県鹿角市折戸にある不老倉神社となってますね。うちの大学は算額の多い岩手、福島を中心に調査してたんですが、へえ、秋田にも飛び火しているんだ」晋が感心したように言った。

「折戸？　大湯字○×には行ってみたんだけどな」晋に廃村の現状とうっそうとした森の様子を話した。

「そうですか。ちょっと待ってください。マップを見ますから」マウス操作をしてから「出ました。国道一〇三号線から旧鉱山方面へ入って……二股に分かれてますよ。ああ分かりました右に折れると川へ出ますね」と言って僕の顔を見た。

「どういうこと？」

「川側を進めば、旧大湯字〇×と書いてます」

「うん、廃村になってるんだ。じゃあ僕の行った場所はあながち間違ってはいなかったってことか」帯屋老人の故郷も、浅利ひさの実家も消滅集落となっていた。この周辺の住民は軒並みどこかの町へ移転しているのだろう。

「歩くと、少し距離があるようですね」マップを見ながら晋が言った。

「けど、分岐点なんかあったかな。まったく気づかなかったよ。タクシーに乗ったからよく分からなかったんだな。運転手さんは、道祖神を見つけて、そこから道沿いにある集落が、昔あった大湯字〇×だって言ってた」

「マップの注意書きに、分かれ道は木々に囲まれて判別し難いってありますから、かなり分かりにくい場所なんだろうと思います。それに未舗装のようですから、タクシーの運転手さんも知らなかったのかも」

「うん。分岐点で間違った可能性があるね」

なんせ初めての場所、まったくしらない町なのだ。

「行きましょう」晋がつぶやいた。

「行くって、晋くんも」彼の目を見て訊いた。

みながら晋が言った。

「しらない町で、門川さんが行方不明になったら、俺のせいになってしまいますから」微笑みながら晋が言った。

「そりゃあ心強いけど」十歳ほども年下の晋を、頼もしく思っている自分が情けなかった。

「これは、僕の仕事だよ。君に迷惑をかけるわけにはいかない」

僕にも少しのプライドが残っていた。

「ならバイト料ください」晋はさらりと言った。

「バイト料？」

「資料提供代でどうです？　案内料込みで」苦笑いを見せてから「親父が俺に払ってくれる一日のバイト料は、八千円です。二日間で、一万六千円、資料の重要度を加味して二万円でいかがでしょうか」と具体的な金額を提示した。

「二万円か……」

彼がいれば確実に、彼女がリヤカーで商売をした場所に行き着くことができる。それは、帯屋老人が、実際に8ミリカメラを回した場所に立つことを意味するのだ。

ドキュメンタリーとしても、同じ立脚点に身を置き、そこの匂い、空気を感じることが最も大事なことと言われている。

それくらいの経費、甲山は許可するだろう。

「よし分かった。バイト採用、決定だ」僕は胸を張って言い放った。

16

その日はレンタカーを使って、鹿角市の以前泊まったビジネスホテルまで移動した。そして次の日、不老倉神社をさがすため朝八時にホテルを出た。舗装されている四の岱まで国道を使い、そこから前回タクシーで入った隘路を走る。

それ以上の悪路は本来なら4WDでないと困難なのだけれど、レンタカー会社には一二〇〇CCクラスのコンパクトカーしか残っていなかった。

凸凹道を上ると、呻るエンジン音と、タイヤがはじき飛ばす砂利の車体を打つ音が気になった。

「ここだ、ここでタクシーから下ろされたんだ」助手席の僕は、見覚えのある道祖神を見つけ、叫んだ。

「下りて、見てみましょう」晋が車を駐めた。

先に下り道祖神に近づいた。背後に晋の気配を感じ「間違いないよ。ここから道なりに行くと川へ出る」と言った。

「この先に道なんて、なさそうですね」晋は僕の横を通り過ぎ、道祖神を観察した。一メートルほどの石作りの像のため、腰を折り覗き込む。

「何か書いてある？」

「いえ何も」そう言いながら、晋は道祖神の左側の草むらに移動した。

たちまちその姿は背の高いススキに飲まれて消えた。

「おい、晋くん？」夏の強い日差しの中なのに、この前と同じように急に心細くなった。

「道があるの？」もう一度訊いた。

強い風が一面のススキを揺らし、ざわざわと音を立てる。そのざわつきに息を合わせるように、急に左の樹木から激しい蝉しぐれが、僕を取り巻いた。

「晋くん！」

不安になって、彼が分け入ったススキに僕も突入した。

蝉の声は聞こえなくなり、ススキをよける音、身体を擦る音、そして自分の足音だけが妙に大きく響いた。

まるで前が見えない恐怖に耐えながら、ひたすら前に歩いた。ということは道があるのか。しかし闇雲に進んでもいいのか。

青木ヶ原の樹海が頭に浮かんだ。視界は、ススキの海の方が悪い。

「晋くん、どこにいるんだ」立ち止まって、叫んだ。耳を澄まして返事を待った。晋とはちがう方向を向いているのだろうか。いや、まっすぐ歩いたつもりだ。

後ろを振り返ろうとしたが、思いとどまった。方向を変えると危険だ。ここは携帯が使えない場所であることはよく分かっている。

前へ一歩でも進みたい衝動を抑えて、じっと佇むことにした。そのまま五分程度動かずにいると、前方から足音が近づいてきた。

「門川さん」晋の声だ。

「ここだ。ここにいる」と返事した。

「そのまま、こちらへきてください」

「声を出してくれ」

「分かりました」

彼の声のする方向へススキを左右に分けながら進んだ。不安はあったが、とにかく声を頼りに歩き続けると、晋の白いTシャツが見えた。

「驚いたよ。急に姿が見えなくなったから」彼の顔を見るなり漏らした。

「すみません。僕もどうしようか迷ったんですが、どんどん歩いて行けたもんで。これを見てください」晋がススキを手で押さえて、視界を広げた。「ここが九十九折りへ続く登り口じゃないですか」

ススキのカーテン越しに見える道は、晋の言う通りわずかな上り勾配だ。

「マップ上の位置はどうなの？」

「合っていると思いますが、この草むらですから」

「行ってみるとして、車まで戻れるかな」こんなところで遭難したくはない。

「坂の上から、車が見えれば大丈夫だと思うんですけど」

「よし、行こう」決断することから逃げてはいけない。

た。

「空模様には気を配りましょう」真夏でも雨が降ると急激に気温が下がるのだと、晋が言った。

「いまは青空だね」空を仰いだ。

「いまのうちに急ぎましょう」

晋が、今度はゆっくりと歩き出した。その後ろ姿はとても二十歳のものとは思えないほど、でかく見える。

僕が二十歳の頃、職場での人間関係に悩み、現実から逃避する毎日を過ごしていた。何もかも他人のせいにして──。

愛人を作り母親を裏切り続けていた父、そんな父を直視せず、一人息子の僕に過剰な期待をかける母。目の前の諍《いさか》いだけを避けるように道化を演じた幼い僕。

そんな、いびつで何かの拍子に一瞬にして壊れてしまいそうな家庭。それはいまにも崩れそうな地面に似ていた。

踏み出すために力一杯、地面を蹴ろうとするが、脆弱な地表に足を取られる。堅固な大地があってこそ、人間は思い切って足を踏み出すことができるのだ。

一番安心できるはずの家庭が、僕の最大の弱みとなった。そんな家庭、家族ならないほうがいいと拗ね、バイトでのその日暮らしをすることを決めたのが二十歳だった。

こんなしっかりした後ろ姿じゃなかった。

晋の背中を見つめながら、ひたすら上り坂を歩いた。十分ほど登ると、劇的にススキの量が減った。

「どうですか。映像の風景と似てます？」田んぼのあぜ道のような細い道が見える場所で、晋が振り返った。

「路肩の雑草で道幅が狭くなってるけど、似てる気がする。もう少し上がると蛇行するんだ。そこまで行けばはっきりするはずだ」

勾配がきつくなって、息が上がり始めた。

「けど、かなりきつくなってきましたね」彼の息も苦しそうだ。

「この道を、荷台一杯の荷物を積んだリヤカーを引いて上がったんだ、その女性」

「信じられないです。もう汗だくです」晋が嘆き声を上げた。

「本当だ。タオルを持ってくるんだった」8ミリの女性のように首に手ぬぐいを巻いてくればよかった。「それにしても健脚だよな」

「よっぽど山道に馴れてるんでしょう。山岳部に入っている友達がいますが、普段でも重い荷物を持ってます。身体を馴らすと、平気になるんだって言ってました。その代わり一日二日休んでしまうと、かえって辛いんだそうです」

「なるほど。じゃあ彼女は、毎日リヤカーを引いていたんだろうね」と言ってから、あることに気づいた。

毎日リヤカーで荷物を運んでいるということは、彼女が開く市場は一カ所ではない、ということだ。同じ場所に毎日行くことはあるまい。

つまり、彼女の市場の恩恵にあずかっている人間は、山間の他の集落に大勢いることになる。いや、あれだけの品を彼女はどこから持ってくるんだ。必ず仕入れ先があるはずではないか。

まさか町からリヤカーで運ぶなんてことはないだろう。一番近い鹿角市からでも歩いて運べるものではない。

ひたすら坂道を登るという行為によってなのか、めまぐるしく頭が動く気がする。これまで考えなかったことが出てくる。けれどもそれが問題の解決に向かっているのか、それともかえって混乱して迷路に入っているのか分からなかった。

「右左に蛇行し始めましたよ」前を歩く晋が声を上げた。息も絶え絶えだ。

「この九十九折りの後、少し開けた場所に出るんだ」

と言ってから二人に言葉はなかった。息が苦しく、話すことが困難になったからだ。自分の心臓の鼓動と足音だけが耳に届く。鼓動は早くなるが、足音の間隔はどんどん開いていた。

それでも何とかしのぎ切り、高原の見える場所へ出た。

肩で息をしながら晋に追いつくと「もう間違いない」と言った。

その場にへたり込み、しばらく休むことにした。草の上に座ると気温はそれほど高くなく、時折吹く風が徐々に汗を乾かした。

「凄いですね、リヤカーのおばさん」高原を眺めながら晋が言った。

「おばさん、か」8ミリの女性に魅せられていた僕には、違和感のある呼び方だった。

ある意味、恋い焦がれる存在となっていたからだろう。

「僕には、とても勤まらないよ」手でふくらはぎを揉んだ。

「この先、どれくらいですか」

「映像は編集されていたから正確には分からないけど、雰囲気からするとそんなに距離はないと思う」自分の願望を口にした。

「もうひと踏ん張りしますか」

「うん」立ち上がって尻をはたいた。「なあ晋くん」

「なんですか」

「なぜ、こんなところまできてくれたの?」自分と共に汗を流してくれる人間がいることが、まだ信じられなかった。

「なんですか、急に」彼もズボンの埃をはたいた。

「いや、厄介に巻き込んでしまったようだから」

「厄介か、確かに」晋が腰を伸ばして遠くに目を遣った。

僕もつられて高原を見る。高原は靄っていた。

「なぜなんでしょうね」晋が風景に向かって言った。「門川さんはどうして、そんなに一所懸命になるんですか」

「僕は、前も言ったように……」すぐに答えられなかった。いろいろな思いがあって、こうだからだと言えなかったのだ。

「仕事だから、ですか」

「そういうことになるかな」

と言えば、動機として彼にも分かりやすいだろう。

「本当にそれだけで、ここまで？」晋が顔を向けた。

「いや。この女性への興味もある。この女性を生き生きと撮った帯屋という人への好奇心と言った方がいいかな」その好奇心が、ドキュメンタリー映画を制作する原動力にもなっている。

「好奇心ですか」そう言って、彼が笑みを浮かべた。

「おかしいかな」

「そんなことないです。大学に入った当初は、何もかもに興味が湧いて、それこそ好奇心の塊みたいだったんです。でも二年生になってから、ちょっとね。一関市博物館に通ってるのも、実は……」晋が大きく息を吸った。「探してるんです、前のように興味の湧く素材を」とぽつりと漏らした。

「そうだったんだ。前に話したときは、学問に燃えてるって感じてた」

「初対面ですから、カッコつけてたんですよ」

「それなら僕も同じだよ。本当は、ただのフリーターなんだ」メンテナンス会社のアルバイトでアパートの管理人をしていて、たまたま孤独死に遭遇したことなどを話す。

「映画の道への一歩になるかもしれないじゃないですか」僕の話を聞き終わった晋が言った。

「一瞬だけ、そんな風に思った。でもよくよく考えれば一企業のPR用だ」遺体の発見者が撮ったという話題性はあるかもしれないが、それはライフメンテにとってのメリットであって僕には関係ない。数多くのコマーシャルフィルム同様、一過性ですぐに消え失せるものだ。

「でも好奇心があるんですよね」

「よく分からないんだ。妙なんだけれど、帯屋さんという人が生きてきて、そして誰にも看取られずに亡くなった事実が飲み込めていなかった。もちろん死体を目にしたんだから、そこで帯屋さんは間違いなく死んだんだ。けれど現実味がなかった。ところが遺品の8ミリを観ているうちに、帯屋さんは実際に生きていたんだって思えるようになった。うまく言えないけど、彼の生きてきた事実だけでも確認したいと思ったんだ」

「生きてきた事実だけでも確認したい、ですか」

「人間って本当に生きていて、そして死んでいくもんなんだってこと、かな」僕は親父の死のことを彼に話した。

「父親の人生を何も知らない。知りたくもなかった。だから、人間の死というものを上手く認識できてないのかもしれない。いい年をしてね」

「で、帯屋さんの人生を追うことで、死を認識しようとしてるんですか」

「人って生きたようにしか、死ねないっていうじゃないか」

そうだ。だから帯屋老人の生きた足跡を追っている。それは、いま初めて気づいたことだった。

帯屋老人の死に様に、生き様をみたのか。孤独死した彼が、生涯孤独だったということを確かめようとしていた。なぜだ。なぜそんなことを確かめる必要がある。同情でもない。また教訓にしようとしているのでもない。怖いもの見たさ？　孤独に生きた人間の最期が、どういうものなのかが気になっていたとでもいうのか。いますぐには、気持ちのもやもやは晴れそうにない。

「何だかんだと言っても、本当のところは僕にも……」

「たぶん俺、そんな思い悩んでいる門川さんに興味があったんだと思います」晋が申しわけなさそうな表情を浮かべた。

「僕に興味？」こそばゆかった。これまで経験したことのない感覚だ。

「同年代の人間って、何でも平気な顔してるんです、心とは裏腹に。俺もそうだし分かるんですよ。心、乱すのってカッコ悪いって感じて……」

「僕、そんなに辛そうな顔してた？」

「けっこう」晋が笑う。

「じゃあ、カッコ悪かったんだね」

「ですね」

「初めて会ったとき、二日酔いだったから」さえない言いわけだ。

「そうだったようですね。でもそんなんじゃなく、とても悩んでて、焦ってて、あがいてるって感じでした」

が、本当に悩んでることが、それほどカッコ悪くないなって思うようになって。まあ俺からすれば、時代遅れの文化財を見てるような感じです」晋がさらに大きな笑い声を出した。「時代遅れか、まあいいよ。僕は、晋くんに付き合ってもらってよかったと思ってる」本心だった。このまま算額が見つからなくても、晋とここに登ったことは記憶に残ると思った。

僕は黙って歩き出した。

今度は晋が僕の背中を見て歩く。彼には、さぞかし頼りなく映っているだろう。

急勾配のところを二度ほどしのぐと、嘘のように視界が広がる場所に出た。そこはまさしく神社へと続く参道だった。

境内の見える坂道は、土に埋まった五、六段の石段だ。当時も土に埋まっていたのだろう。そうでないとリヤカーが登り切れない。

踊り場のすぐ脇に、奉納された境内を示す板垣があり、そこに神社の名があった。消えかかっていたが、不老倉と読める。

疲れていたが、僕は小走りで境内の中央を目指した。そこに何度も8ミリで見た社があったからだ。

とても初めて訪れた場所とは思えなかった。懐かしくさえあった。

「晋くん、ここだ。ここにリヤカーを駐めたんだ」社の前の草むらに僕はあぐらをかいて、地面を手のひらで叩いた。

晋はそんな僕を尻目に、社の階段を飛び越えて内部の天井を見上げた。彼は尻ポケットから算額のコピーを取り出し見比べている。

「どうだ？」あぐらをかいたままの姿勢で尋ねた。

「完全一致です」晋がこっちを見て、親指を立てた。

「晋くん、ありがとう。もう少し手伝ってくれ。九十九折りからここまでの道のりをカメラに収める。そしてその算額も」

僕は立ち上がって、社の天井に目を遣った。


ホテルに戻った僕と晋は、シャワーを浴びて近くのレストランで夕食を摂った。二人とも、鼻の頭が日焼けして赤い。まるで道化師だ。

食事の後、居酒屋に繰り出し酔った姿も道化そのものだった。もう何年も前から知り合っているように、二人は大声で話しはしゃいだ。

「あの場所に立てたのは、君のお陰だ。ありがとう」

「何度も、お礼はいいです。バイトなんですから」

「晋くんって二十歳だよね」微笑みかけた。

「どうしてです。老けて見えます？　それとも幼く見えますか」

「そういうことじゃないんだ。文化財の修復とかを勉強してるんだろう？」頼もしく思えるなどとは照れくさくて言えなかった。

「山岸涼子の影響です」

「ああ、怖い話を描く漫画家だよね」作品そのものを読んだことはないが、知っている。

「『日出処の天子』っていう聖徳太子が主人公の作品があるんです。その中で仏像が出てくる場面があって、なぜかその絵に惹かれたんですね。それから仏像そのものというより、昔の職人が命がけで生み出したものに興味が湧いちゃって」

「それで文化財か」

「あまのじゃくの俺は、名工といわれる人の作品より、無名の職人の仕事の方が好きになったから、埋もれた文化財級の造形物を発掘したいんですよ。やっぱり年寄り臭いかな」

「そんなことないよ。僕だって、派手なハリウッド映画から背を向けてるあまのじゃくだから、気持ちは分かる」

「あまのじゃくコンビですか、いいですね」晋は笑みを浮かべたがすぐ、「家族には迷惑をかけてますけど」と真顔で言った。

「親父さん、君を頼りにしてるようじゃない」と言いながら、晋を紹介したときの彼の父親の顔を思い浮かべた。

「そうでもないですよ。民宿、継げないし」

「じゃあ兄弟がいるの？」何気なく訊いた。

「いえ、俺長男だから……。でもどうしても修復がやりたいんです」晋がテーブルに視線を落とした。

暗い表情になった彼を見て「悪いこと訊いたよね。ごめん」頭を下げる代わりに、彼のコップにビールを注いだ。僕の代わりにビール瓶がお辞儀をした格好だ。

「いえ気にしないでください。……俺、大船渡が嫌いなんじゃないんです。日本一美しくて、みんな温かいいい町だと思ってます。だから一人でも多くの人にきてほしいし、うちの民宿で旨いもん食ってほしい。だけど俺には向いてないんですよ。俺の代わりに妹が婿でもとって継ぐようなこと言ってます」

「妹さんが」

「まだ高校生ですけど。中学の頃にあいつがそう言ったんで、俺は好きなことをやってられるんです。兄貴としては情けないもんですよ」晋がもずく酢を啜り「あいつも漫画家目指してたことがあるんです」酸っぱそうな表情で言った。

何も言えなかった。これ以上は家庭の問題だ。立ち入るべきではない、と思った。

「あいつ漫画上手いんですよ。小学校六年生のとき雑誌に投稿して佳作に選ばれてるんです。さっき言った『日出処の天子』も妹の本です」晋の方から妹のことを口にした。「中学でも高校でも結構いい線行ってたから、東京へ行って誰かのアシスタントにでもなって、うまくいけばデビューだってできるかもしれないのに」と続けて、彼は唇を噛んだ。

「そうなんだ」素っ気なく相づちを打った。話を変えたかったけれど他の話題が浮かばない。

「結構見た目もいけてて、ＡＫＢに紛れ込んでも遜色ないほどで。兄貴のひいき目かもしれないですけど」晋の目元だけが笑った。

優しい兄の顔だった。妹思いの兄であることがよく分かる。妹が可愛いと思う気持ちは、兄弟がいない僕には想像がつかない。家族を思う気持ちだって、分かってはいない。

「兄妹ってどんな感じ？　僕一人っ子なんだ」

「そうですか。うんと、そうですね……」少し考えて「香織、妹の名前です。あいつとは、同志みたいなもんかな」と晋が言った。

「同志？」

「子供の頃、両親との戦いだった。別に虐待されてたわけじゃないですよ。やりたくない用事をどうやってサボるかとか、悪い点数のテスト用紙を見せるときどうすれば怒られないで済むかとか、いろいろ親に対する作戦ってあるじゃないですか。親たちへの対抗措置を一緒に考える同志なんです」話しながら晋は、懐かしげな表情をした。「俺の考えてることを何でも話せる異性ですね」

「兄弟がいない者には、やっぱり分からない感覚だな」

もし僕の家に、彼が言うような同志がいたら何かがちがっていたかもしれない。

「同志なんて言いながら、俺も香織も一人っ子に憧れた時期があります。俺は兄貴だから妹の面倒を見ろと言われるし、あいつはあいつで何でも二人で分けることに不満をもってたようですから」

「気を遣ってくれなくていいよ。何でも二人で考えられるっていうのは、いいじゃないか」

「まあそうですね。あいつには手が焼けたけど、随分助けにもなったかな」

携帯が鳴った。番号を見ると史乃からだ。「門川です」電話に出て先日の礼を述べた。

「写真の女性のことなんですけど」と史乃が言った。

店のBGMがうるさいので、晋に断って表へ出た。

「すみません。何か分かったんですか」驚くほど多くの星が光る空を見上げながら訊いた。

「たぶんツタエヤという店の人だと思うんです」

「ツタエヤ……。そのツタエヤはどこにあるんですか」店が分かれば、彼女の正体もつかめるかもしれない。

「それは分かりません。母にどうしてリヤカーの女性が家にきたことを隠したのかって訊いたんですが、覚えていないと言い張ったんです。母の病気のこともあってあまり強く訊けなかったもので」

「いや、申しわけないです。名前が分かっただけでも助かります。よく思い出していただきました」

「思い出したというより、ツタエヤなんかに史朗さんを取られたくないって泣くもんですから、ちょっとそれ以上は」

「分かりました。本当にありがとうございました」

電話を切り、居酒屋に戻って史乃から聞いた話を晋にした。

「明日、そのツタエヤを探してみましょう」

「うん。少なくとも昭和四十七年頃まではリヤカーを引いていたんだからね」

「きっと、何かつかめますよ」

「そうだね。晋くん、明日も頼む」

もう一度僕たちは、ビールで乾杯をした。店内に大きな音が鳴った。必ず彼女から、帯屋老人の話を聞き出したい。そんな気持ちが、コップを持つ手に力を入れさせた。

生きててほしい、絶対に。

「これを飲んで、今日は寝よう」明日が勝負の日になる。

僕はビールを飲み干した。まったく苦みは感じなかった。

17

チェックアウトの十時までに電話をすると言っていた甲山から連絡があったのは昼前だった。

「すまんな遅れて、昨夜聞いた件やけど、わしにしては手こずってしもた」

「いえ、とりあえず電話の電波が届く限界のところまで、旧大湯地区に近づいて待機してました」

運転を晋に任せきりで、国道の路肩に駐めた車の中にいた。

「秋田県の旧大湯から八幡平老沢にあった法人を調べた。けどツタエヤちゅう屋号を持つ法人はなかった。となると個人商店やな」

「個人ですか」

「そないな暗い声出しな」

「ですけど……」

「この甲山南が、はいそうですか、と引き下がると思うか。あのおばちゃん、魚を扱うてたやろ、発泡スチロールに入れて。山間の町に、リヤカーで魚を持っていくのはかなり難しい」

「それは僕も思いました。実際にあの九十九折りを歩いてみて、つくづく彼女の健脚を思い知ったんですが、それにしても集落の入り口までは車でないと、距離があり過ぎます」神社の境内に行くまでの大変さを話した。

「ほな、一番近い町の鹿角市で仕入れて、そこから車で運んだちゅうことや。よっしゃ」

「よっしゃって？」

「いや、ええ感じやからや。わしは魚に着目したんや。そんで昭和四十七年頃の鮮魚の卸屋はんを調べた」甲山は鮮魚販売の許可を出す保健所から、それらを割り出したのだと言った。

「古い話なんで、いまもあるのか不安やったけど、片っ端から当たった。まあ、そないに数はなかったんやけどな」

「どうだったんですか」

「ある魚屋が、いまはスーパーの中で営業してた。そこの親父にツタエヤのことを訊いたら、覚えてくれとった」甲山が嬉しそうな声を出した。

「それじゃ?」

「慌てなっちゅうねん」

彼がわざとじらしているように思えた。

「魚屋はんが言うには、植物の蔦、江戸の江に屋台の屋と書くんやそうな。商売はずばり移動式のよろず屋や。魚屋の隠居が、リヤカーを引く娘に覚えがあるそうや」

「その娘さんがあの女性だということですね」

「と思う。移動販売の許可書が保健所にないか調べたけど見つからへんかった。集落が消滅した際の事務処理の関係やないかな。鹿角市××の〈ショッピーさとう〉の魚萬の佐藤はんに話、訊いてくれや」


午後から空が急に曇りだし、雨になった。晋が車をスーパーの前の駐車場に止めると、僕だけ駆け足で店内に入る。

魚萬は店の一番奥にあった。商品陳列台には、何種類かの刺身を盛ったパックが並んでいる。それらは僕のアパートの近くにあるスーパーと大差なかった。つくづく地方色がなくなっているなと思う。

魚萬と書かれた暖簾越しに、魚をさばく人が見える構造になっていた。僕は目が合った中年の男性に声をかける。

「大阪の甲山という者がお電話したと思うんですが」

「ああ、親父に聞きたいことがあるって」男性は、そう言うと手を拭きながら、壁に掛かっている内線の受話器を手に取った。彼は事情を父親に伝え、バックヤードにある事務所に通した。

六畳ほどの意外に狭い事務所には、デスクが三脚置いてある。その上には書類が積み上げられ、四方の壁やホワイトボードには、仕入れ品明細などがびっしりと貼り付けてあった。床は段ボールが幅を利かせ、用意してくれたパイプ椅子まで行くのに、何度も身をよじらなければならなかった。

二、三分そのままで待っていると、後方から「お待たせしました。佐藤です」という声が聞こえてきた。

丸々と肥えた白髪の佐藤は、半袖の作業着を着ている。

僕は立ち上がり挨拶をして名刺を渡すと、すぐに本題に入った。

「この女性について伺いたいんですが」写真を、佐藤に渡す。

「まんず懐かしい」と声を上げ、佐藤は目を細めながら「実物の方がうんとめんこかった」と続けた。

「ではこの女性が蔦江屋の？」

「そうそう、蔦江屋の娘さんだ」

「この方の名前は分かりますか」

「登美ちゃん」佐藤は笑顔で、登山の登に美しいと書くと続けた。「歳が近いもんだからちゃん付けで呼んでたな。めんげえおなごだ」

「名字は？」

「ええっと……。水谷、そう水谷」

「本当ですかっ」

「なんぼ昔のことでも、きちんと覚えてるべ」疑われたと思った佐藤が、不満げな顔つきになった。

「いや、すみません。水谷という名字に聞き覚えがあったもんですから。僕の知る水谷さんは、大湯字○×の隣町に住んでいて、和美という男性です。戦死されたんですが」

「まんず驚いたす。このおなごの兄が和美というんだ」

「じゃあこの人は、水谷和美さんの妹さんなんですか」驚いたのは僕の方だ。

「兄さんが戦死してから、おなごの身でむたっと働いてな。見ててつらましがった」

「水谷登美さん。歳が近いということですが」手帳を出しメモしながら尋ねた。

「確かわしより四つ下だったべ。わしが八十二だ」

「七十八歳ですか、登美さん」帯屋老人とは六つ違いで、ひさより四つ年下だ。

ひさは、自分の夫が友達の妹に取られると思っていたということか。なぜだ、なぜそんな風に思ったのだろう。

終戦の年、帯屋老人は和美の葬儀に顔を出している。そのときひさが同行した。ひさが登美に会ったとき帯屋老人が十九歳だとして、登美は十三歳の少女ということになる。

十八歳の新妻と十三歳の少女の間で、帯屋老人に対して焼き餅をやくようなことがあったのだろうか。

「いつ頃から蔦江屋として働いていたんですか」

「さあ、わしが店に立つようになったんが、敗戦から一年経った、ちょうど十八のときだ。その頃から登美ちゃんは手伝ってたな」

「登美さん、まだ小さいですよね」

「リヤカーは引いてねえ。おどさんとオート三輪の移動販売しとったんだ」

「登美ちゃんがリヤカーを引くようになったのは？」

「登美ちゃんが二十歳くらいんとき、おどさんが足を痛めたんじゃなかったかな。それからは軽トラで行けるところまで運んで、道のよくない集落には登美ちゃんがリヤカーで商売してた」

「登美さんに、最後に会われたのはいつですか」

「うちがここのスーパーさ入って、さて十年ほどはおどさんが元気だったんで……。昭和六十年くらいから見てねえな。いや六十一年……そうだ大雪の年が最後だ、間違いない。わしが息子に魚萬を譲って、隠居する前の年だ」

「二十四年くらい前ですね」少なくとも二十歳から五十四歳までリヤカーを引いていたことになる。

「いま、その蔦江屋がどうなっているのか分かりますか」一番知りたいのは、登美の消息だ。

頼む、知っていてくれ。祈るような目で、佐藤の分厚い唇が動くのを待つ。

「蔦江屋さんは、名前も聞かねえな。昭和六十一年には、ええっと、陸中大里の方に店はあったんだよ」その後は分からない、と佐藤は言った。

僕はその住所を尋ねた。

佐藤は住所までは知らなかったが、だいたいの位置は分かると言った。彼の覚えている範囲で略図を描いてもらうことにした。

「登美ちゃんに会ったら、商売に関係なく魚萬に遊びにきてけれと伝えてもらえっか」

「分かりました。いま描いてもらった場所はここに近いんですか」気軽に遊びにこられる距離なのだろうか。

「車なら二十分はかかんねえべさ」

「そんなに近いんですか」気持ちが明るくなった。「分かりました、必ずお伝えしますよ」

甲山が役場に電話をして、水谷登美の現況を調べてくれた。その結果、陸中大里に彼女はいなかった。五年前に秋田県鹿角市から、岩手県八幡平市松尾へ住所を移していることが分かったのだ。

「生きていてくれてると思うんやけどな」除籍などの手続きは取られていない、と甲山が言った。

その連絡を受けて、僕たちはすぐに登美の家へ向かった。

県道二三号から東北自動車道松尾八幡平インターチェンジを経て、アスピーテラインという観光路を約七キロ走る。

一旦八幡平の山頂に出るが、登美の住む場所へは分かりやすいルートだった。

岩手山を見ながら蛇行を繰り返し、徐々に岩手県側に下りていく。さすがに八月の最終週の平日で、観光客が多く前方には常に車列があった。ただ渋滞はなく、速度が遅いながら流れている。

左前方に大きなホテルが見えると、白樺の森を右側に入った。甲山の指示だ。

「この辺りには、温泉付別荘があるんだって」運転する晋に声をかけた。

「さっき地熱発電所という看板を見ましたから、この辺一帯、温泉が湧くんでしょうね。水谷さんも温泉付の家に住んでるんですか」

「うちの上司の話では、住所からみてたぶんそうだろうって」

電話口で甲山はうらやましがっていた。「お袋に買うたりたい」と漏らしたとき、仕事一辺倒の人間でもなさそうだと思った。けれどすぐその後「あんじょう仕事せえよ」と言う。

「君もうらやましい？」晋に訊いた。

「いや、菊池さんが膝に古傷を抱えてて、いろいろな温泉の湯を試してるって言ってたから。地熱発電をするほどの温泉って効きそうでしょう」

「菊池さんか」

「俺も、うちの親父もあの人が好きなんです」

「どういったところが？」僕だって印象が悪いわけじゃない。いや、ノートのことを僕のような若造にきちんと謝りにきたのには、誠実さを感じた。

「おっかない部分もあるんですけど、愛嬌があるところがいいなって思います。愛嬌なんて身につけようたって無理ですもん」

「それなら分かるよ。僕の上司も悔しいけど憎み切れない。嫌みとか無理を言われても嫌いになれないんだ」そう言って僕は窓を開けた。山肌の傾斜に住宅が建ち並ぶ一角にさしかかったので、一軒一軒の表札を見るためだ。

緑の香りを乗せた涼しい風が頬を撫でる。

「ストップ。駐めてくれ」

黒塗りの郵便ポストの下に表札がかかっている。「ここだ、水谷さんの家だ」むしろ静かに晋に伝えた。

「訪ねてみる」

僕は車を降りて、胸の高さぐらいしかない門扉の前に立った。インターホンのボタンを押した。もとよりアポ無し訪問、空振りとなっても仕方ない、と落胆しないよう自分に言い聞かせて返事を待つ。

返事がなく、帯屋老人の遺体を見つけたときを思い出した。

とても嫌な感じだ。

その気分を払拭するように、もう一度ボタンを押した。

「はい、どなたですか」インターホンから声がした。女性の声だ。

「急にすみません。私は大阪からきました。帯屋史朗さんのことでお伝えしたいことがありまして」できるだけゆっくり話そうとした。

「帯屋……帯屋史朗さん……」自分で、ひと言ひと言を確かめているようだ。

「そうですお兄さんの友人の、帯屋さんのことでお話があります」

「少し待ってください」

インターホンから顔を上げて、車にいる晋にガッツポースをしてみせた。彼もそれに対して親指を立てて応えた。

18 （水谷登美の証言）

そうですか、帯屋さんが、亡くなりましたか。おひとりだったんですね。

いいえ、わたくしは可哀想だとは思いません。わたくしがずっと一人で生きてきたから言うのではありませんのよ。

この頃盛んにテレビや新聞で、孤独死だの無縁社会だのと言って、話題にしていますでしょう？　でもわたくし、そんな風に思うのは少し違うと思っています。

強い、ですって。そんなことはないですよ。そこらにいる、おばあちゃんだから。

帯屋さんも、同じように考えていらしたはずです。だからちゃんと覚悟はされていたし、きっと笑って逝かれたと信じています。

どうして分かるのかって。それは……昭和四十七年にわたくしを訪ねてくださったときに、死について語ったからです。

えっ、その頃の8ミリフィルムがあったんですか。帯屋さんが遺していらした。それを写真に？

まあ、若い。変わってないですって、いやですよからかって。実物は華奢ですって、そんなことありませんよ。

何十年も、リヤカーを引いてきた太い腕を見せたいですわ。あの日、帯屋さんが不老倉神社まで登ってきて……はっきり覚えてます。

さっき言いました死について語ったのも、神社の境内でした。あのときの映像が、残ってるなんて。あなた、観たんですね。わたくしは観てないわ。

そう、よく撮れてる。感動したって？　帯屋さんの腕がよかったんです。映像を頼りにここまでこられたんですか。

算額？　それが不老倉神社に奉納されていたんですか。全然気づきませんでした。ここに映ってるんですか。天井にある額？　これだけしか映ってないのに……。

どうしてそこまで？　帯屋さんの作品の力ですか。わたくしに会いたかったって？　お世辞でも嬉しいです。

あの日、帯屋さんは、その年で消えてしまう集落の人々と、わたくしを撮りたい、と言われたんです。でも本当の目的は他にありました。

それはカメラの前では申し上げるわけにはまいりません。

(中断)

兄のことも知っておられたなんて……。しかもあの無謀で痛ましい作戦のことまでご存じとは……。

あなたが想像されたように、「双龍」作戦は遂行されませんでした。「伏龍」と同時に開発された人間機雷の名前です。言うなれば姉妹品のようなものです。

帯屋さんは兄の死について、その詳細をお話しにこられたんです。帯屋さんは兄の死が受け止められなくて、それが原因で離婚されたと伺いました。

その作戦部隊の班長さんがいらっしゃる大阪に連れていかれたんですが、常に兄のことが頭から離れず相当荒れた暮らしをされたようです。班長さんは仕事も、また住む場所も用意してくれたのに、気持ちは少しも晴れず、ご自分を責めておられました。

人間機雷というものをご存じですか。そうです海底に潜んで、敵艦の底を棒機雷で突くんです。それには長い間、海中に潜っていないといけません。そのための潜水訓練に毎日取り組んでたのだそうです。

絹製のパイロットスーツというものの上に、分厚いゴム製の潜水服を着るということでした。その首の部分に鉄板がはめてあって、上から鋼鉄製のヘルメットのようなものをねじで留めるんだそうです。いまでいうと粗末な宇宙服のようなものではないでしょうか。

水が入らないように袖は絞ってあり窮屈だったと帯屋さんがおっしゃってました。ただそれだけ密閉されていても深海十五メートルのところでは、お天気のよい日でも寒かったようです。

頭から被るものですか？ 確か「かぶと」と言ってたと思います。

そう、かぶとです。なんです？

帯屋さんが遺した文章？ あなたの携帯に、入ってるんですか。

「トコズンドコ深度十五メートル想いを抱いて、消えたあいつの魂いづこ。必ず生かすぞ生かします。可愛いあの子に会える日まで」

これを帯屋さんが……。

消えたあいつ、というのはわたくしの兄のことですね……。

「和美、許してくれ。私はもう、君のかぶとの中での主張は、このまま飲み込むつもりだ」

これは、これは……。

（中断）

わたくしの兄は、機雷になることをよしとはしてなかったらしいのです。同じ部隊には粗末ながらもモーターボートが数隻あって、そこに爆弾を積んで敵艦に突っ込む爆装船を望んでいたというのです。

……同じ死ぬなら、そっちの方が確実に敵にダメージを与えられるからと。

裏を返せば、人間機雷での作戦に疑いを持っていたということです。技術的なことは分かりませんが、相当無理のある作戦だったんだそうです。

いま考えれば当たり前のことです。誰もそんな作戦など立てないでしょう。海中で潜んでいるためには、酸素が必要です。背中に酸素ボンベを二つともう一つ空気清浄缶というものを背負わされたといいます。とにかく長く潜水するために、自分のはき出した息を、その清浄缶へ送るんだそうです。

缶の大きさは三十センチ四方で、中には苛性ソーダが入っていると聞きました。なんでも苛性ソーダは人から出た炭酸ガスを吸収するんだそうです。

鋼鉄製のかぶと、二つのボンベと清浄缶、それらとバランスをとるために腹部に約九キログラムの「なまこ」と、足に付ける片足一キログラムの「わらじ」と呼ばれるおもり、合計八十キログラムほどを身につけて海底へ潜るんです。

その状態で三メートル以上ある機雷棒を手にして、敵艦を確認すると酸素ボンベの酸素を抜きながら浮上し……。

（中断）

昭和二十年の七月、深さ十五メートルでの千メートル歩行実験が行われることが決まり、兄たちの班がその先陣を切ることになりました。これは「双龍」完成の最終実験で、班としては名誉なことでした。

ですが兄は、これまで繰り返し行われた浅瀬での訓練を踏まえ、この歩行実験の成功は難しいと考えるようになったんだそうです。

ひとつは窮屈な上に重い装備で、深さ十五メートルの海底を歩行する際、浅瀬でしていたような鼻から吸って口から吐くという呼吸方法に乱れが生じること。この乱れは、ヘタをすると炭酸ガス中毒を起こすそうです。

もうひとつは、清浄缶が粗製品だったこと。付け焼き刃で作られたので、ハンダづけがきちんとできてなかったものが多かったみたいなんです。

わたくしにはよく分かりませんが、苛性ソーダと海水が触れると熱を発し圧力が上がって、ガスが逆流してとんでもないことになる。

そんな考えを、歩行実験が行われる前日まで、班長さんに訴えていました。

でも、聞き入れてもらえませんでした。

すると兄は、成功させることができるのは自分しかいない、と今度は実験台を志願したんです。仲のよかった菊池という方と喧嘩までして。菊池さんにも会われたことがあるんですか。

その菊池さんは漁師さんでしたから班で一番水中での息が長く、「双龍」第一号器での任務が言い渡されていたんです。

実験の撮影を任されたのが帯屋さんです。ボートの上から底がガラスになっている桶を使い、撮影していたのですが、三メートルほどの浅瀬から実験場所である深さ十五メートル地点へ向かう途中、兄が海底で立ち止まったまま動かなくなったというんです。

菊池さんが、兄の腰に巻いた命綱を引いて安否を確認しました。すると兄がカメラに向かって笑ったんだそうです。その直後、事故が起こりました。炭酸ガス中毒です。菊池さんと楠瀬という人と二人で綱を引っ張ったんですが、重くて上がらなかった。途中で撮影を止めた帯屋さんが手伝い、三人がかりでボートの上に引き揚げたとき兄はすでに……。

この事故によって「双龍」作戦が見直されることになりました。それからひと月して日本は敗戦を迎えたんです。ですから本当は、兄は戦死ではないんです。

昭和四十七年、その事実をわたくしに伝えるために、帯屋さんは会いにきてくれました。そもそも命を捨てて敵艦に一矢を報いる作戦です。兄も死ぬ覚悟はできていたことでしょう。けれど敵に爪痕のひとつも残せず犬死にすることなど望んでいません。それを考えると、さぞや悔しかっただろうと、戦後二十七年も経っていたのですが、涙が溢れてなりませんでした。

帯屋さんは、実験の様子を撮った8ミリフィルムを観て、あることに気づかれたんです。

8ミリフィルムのことですか。そうです、実験の8ミリフィルムを残しておられたんです。極秘作戦の実験、ましてやその失敗について、軍は徹底した箝口令《かんこうれい》を敷きました。当然、8ミリフィルムも即刻処分することになっていたんだそうです。

ですが帯屋さんは、命を張ってそれを……。

兄を親友だと思っていてくれた帯屋さんは、最後の笑顔が気になって仕方なかったんだそうです。それで何も映っていないフィルムを焼いてみせて、実は問題のシーンが映ったその部分だけを水筒の中に隠して持ち帰ることに成功したんです。

除隊の物品検査も当然ありましたが、水の入った水筒の中までは検査しなかったようです。

帯屋さんは、フィルムを何度も見ているうちに、兄の口が排気管からずれているのを発見しました。つまり排気していないから炭酸ガス中毒を起こしたんだと。炭酸ガス中毒の場合、自分が危険な状態にあることも分からず眠るように亡くなるんだそうで、その瞬間笑ったように見えただけだと思っていたが、違うと。

兄はわざと排気管から口をはずしたにちがいない。

そうです自殺です。

「和美は、自分の死でみんなを救いたかったんだ」と帯屋さんはおっしゃいました。欠陥品の潜水具で、さらに大がかりな実験や、ましてや実戦ともなれば無駄な死者が大量に出るのを、実験の失敗、死亡事故によって止めようとした。

あの笑顔は、そうする合図だった。カメラに向かって微笑むことでそれを自分に訴えたんだと、帯屋さんは結論を出されたんです。

それが分かって、帯屋さんは、深海の孤独の中で、みんなのために命を捨てた兄に報いるために、どんなことがあっても生き抜く覚悟を決めたんだとおっしゃいました。

実は帯屋さん、「双龍」のことを公にする準備をされてたんです。昭和四十二年頃、ご自分の転居を機にすべて真相が見えてきたと。

けれど兄の本心を考えれば、真相をわたくしに話すことの方が大事ではないか、と考えられたそうです。

わたくしの目の前でこれまで調べたことを記したノートを破り、不老倉神社の境内で燃やされました。

燃える炎と煙を見ながら、帯屋さんがおっしゃった言葉を、いまもはっきりとおぼえております。

「いろんな人間によって生かされたことを実感している。みんな一人では生きていけないんだね。自分が死ぬとき、心の中でこれまで触れあって、縁があった人に感謝できる人間でいたい。和美の笑顔は、お母さんやお父さん、そして登美さんに向けたものだ」と……。

（中断）

帯屋さんのこと、たとえ世間の人が孤独死だと言おうが、わたくしは孤独ではなかったと信じてます。たとえ誰にも看取られなくても、その一瞬、亡くなった状態だけで判断しないでください。

人は生前いろんな人と出会い、語り、泣いて笑ってきたんです。誰ひとり孤独で亡くなる人なんていません。少なくともわたくしと帯屋さんは、そう思っています。

これを見れば納得します。わたくしのお守りなんですけど、見てくださいます？

ええ、お守り袋から出していいんですよ。

帯屋さんがくださったんです。光にかざしてみてください。

そう、かぶとの中の、兄の顔。笑ってるでしょう？　孤独で寂しいひとの顔じゃないです。

あのとき帯屋さんは完全に立ち直られたと感じました。だから、そのことだけでも帯屋さんの奥様にお知らせしたかったんです。だって、離婚の理由も何も奥様にはおっしゃってないとご本人から聞いたんですもの。

けれど、人づてに再婚されたと伺いましたので無理だろうと思い、諦めていたんです。ところが移転したご実家におられると聞いて、すぐに会いに行きました。

帯屋さんは、兄のことで悩み、とても自分だけが普通の暮らしなどできないという風に思い詰めておられた。けっして奥様のせいではなかったんだと言って差し上げたかったんです。でも、少し誤解があったようで、話の途中で追い出されてしまいました。誤解です、本当に。

8ミリフィルムのわたくし、そんなにいい顔をしてますかしら？　兄の友人が訪ねてきてくれたことが、きっと嬉しかったんだと思います。それにあそこの神社での商売もできなくなるので、お客さんの笑顔を残すことができればと思ってましたから……。

わたくしが独身を通していることと、帯屋さんは何の関係もありません。お恥ずかしい話ですが、十三歳のわたくしにとって兄は、理想の男性でした。亡くなってしまってかえってその存在が大きくなっていったようです。

だからお守り袋に、一番よい笑顔の三コマだけを入れて持ち歩いてきました。

これを、ですか。写真に焼いていただけるのですか。じゃあお渡しします。初めてですよ、他人に渡すのは。

わたくしもここで一人のまま、逝くことになるでしょう。でもわたくしのことを少しでも覚えてくれている方がいらっしゃるはず。それが縁というものでしょう？　決して無縁なんかじゃないです。

一人で生まれ、多くの方と縁を作り、そして一人で旅立つ。わたくしはそれでいいと思っています。

一人であっても、心の中に会いたい人を思い描いて、豊かな気持ちでこの世から立ち去りたいんですよ。

19

（菊池太郎の証言）


こ、これは……和美だ。水谷和美だ。じゃああんたはあの事故のことも……。そうか、じゃあもう隠してもしかたねえんだな。

すまなかった。俺がかぶとを被っていたら……。和美を殴ってでも、俺が実験台になってやればよかったんだ。

あいつは人間機雷の潜水具にずっと懐疑的だった。実験の前日にも、和美は長塚少尉に危険だから、潜水具の見直しを作戦本部に進言してほしいと申し出ていたんだ。その言葉に俺は……手柄を独り占めしたいんだろうと食ってかかった。

「ああそうだ。息が長いだけのカッパに大事な実験を任せられるか」と返しやがった。俺を悪くいう言葉を、これでもかと投げつけた。普段の和美じゃなかったんだ。それまであいつから、人を傷つけるような言葉を聞いたことはなかった。

銃剣道の猛者で、力も体力もある和美が本気になると、あっという間に伸されてしまう。俺はそんな身の危険さえ感じたから、前の夜に実験台を譲った。少尉が決められたことを……。

その理由が、班の人間を助ける、いや人間機雷になる兵士たちを救うためだったなんて。信じられないよ。事故じゃなく自殺だったなんて……。俺たちは六十五年も、六十五年間も和美の……主張、いや想いを知らなかったというのか。

（中断）

俺たちは、帯屋があの忌まわしい人間機雷の人体実験のことを公表するんじゃないかと、目を光らせていた。

少尉が、帯屋を大阪に連れていったのは、打ちひしがれ精神的にまいっていたあいつが、誰かに話してしまうかもしれないからだ。そう、目の届くところに置いておきたかった。仕事も住まいも用意して。

どうも独自で調べ歩いている気配があった。あのとき撮影した8ミリフィルムを所持しているかもしれないと思ったんだ。

ところがぴたりと表に出なくなった。そのうち定年退職して、引き込もるようになったって聞いた。わざと人を避ける生き方をするようになったんだと。

その傾向が強くなったのは、確かに昭和四十七年頃だったかもしれない……。

なぜだ。どうして和美の真実を妹さんに伝えてから、孤独を好んだんだ。

分からない、自分から孤独死を望むようなこと、俺には分からない。

ただ、帯屋はいろんなことを取り除いて、本当に必要なもの、和美との友情を最後の最後まで大切にしてたのかもしれんと、思う。

もうカメラ、かんべんしてくれ。

20

（兼松豊子の証言）


それじゃ無縁でも孤独死でもなかったのね、帯屋さん。そうね、私もつい誰にも看取られないことを可哀想だって思ってしまう。帯屋さんが結論づけたように考えれば、生きてることは必ずしがらみができてるんだから、無縁ってことはあり得ないわ。最期が一人だったというだけで、その人の人生を全否定してるのかも。全否定してるから可哀想だって同情するんだわ、きっと。

同情なんて、とても失礼な話なのかも。だって同情って、する側が上から見てる気がするじゃない？

いま思うと、帯屋さんのどんなことにも動揺しない強さは、お友達の死で打ちのめされた経験がおありだったからなんだわ。その精神的な打撃から逃げずに、考え続けた結果、それら全部が帯屋さんの心を鍛えてたっていうことね。

もっと帯屋さんといろいろお話したかったわ。そうあなたも、映画の話ができればよかったのにね。とても、とても残念だと思う。

でも帯屋さん、いい人に出会ったわ。

あなたのことよ。

亡くなった後に、こうして帯屋さんの人生を振り返ってくれる人なんて、いらっしゃらないわ。こんな映画まで撮って。

本当に何が孤独死よ、何が無縁よね。

明日からの声かけ隊の仕事に力がこもりそう。だって内心は、訪問するたび、びくびくしてたの、可哀想な孤独死に遭遇するのを。

帯屋さんとあなたにお礼を言わなくちゃ。本当にありがとうございました。

21 （楠瀬恭一の証言）

22

体調不良のため証言できず。

長いパイロット版はそこで終わった。帯屋老人の遺体を発見してからこれまでの僕の行動を撮ったものだ。

九月六日、梅田にあるライフメンテの本社ビル六階の会議室にいたのは、親会社である千里興産の宣伝部長の伊月と営業部長の山本、それに甲山と長塚だった。長塚については、甲山がスポンサーの有力候補の一人として連れてきた。

ドーナツ形のテーブルの中央にプロジェクターがあって、甲山と長塚、向かい側に部長二人が座っている。僕は甲山の隣に立って説明をしていた。

「お手元の企画書に沿ったかたちで、ナレーションやその他の演出などは、これから編集していくつもりです」と言いながら、会議室の蛍光灯を付けた。

僕の声は緊張で乾き、ものを喉に詰めたカラスのように変だった。

「あまりにも帯屋という老人の個性が前面に出すぎだな」山本が口火を切る。

「甲山くん、これでパブリシティになるかね？」伊月は、僕にではなく甲山に冷たく言った。

「このドキュメンタリー映画を制作したところで、千里興産が老人の孤独死問題にまで取り組んでいるという印象になるのか。営業部を後押しするとも思えんがね」と山本の眉間に皺が寄る。

「まったくですな。だいたい映像に動きがない。固定カメラだなんていまどき流行らんでしょう。宣伝効果もゼロだ。甲山くんが、映画監督を夢見る夢男ちゃんに随分肩入れしてたから、さぞかし名作を見られると思っていたが、がっかりだ」伊月が大げさにため息をつく。

夢見る夢男って、その表現の方が時代おくれじゃないか。そう心で文句を言うのが関の山だった。僕はうつむき棒立ちのまま固まっていた。

そんな自信のない態度が、かえって部長たちのかんに障ったようだ。映像への批判はさらにエスカレートしていく。

「あのリヤカーの映像だけど、パラも目立つし、君がいいって言うのもよく分からないね。いっそデジタルリマスタで色でも付けてしまったらどうだ？」伊月が、映画界で使うパラという言葉をこれ見よがしに使った。パラとはフィルムの傷のことだ。

それにしても帯屋老人の映像にまでケチをつけるとは、許せない。睨み付けてやりたかったが、奥歯を噛んで辛抱した。

「まったく君は、この８ミリの何を気に入ったと言うんだね」山本が、僕を見た。

彼がまともに僕の顔を見たのは、いまが初めてだ。眼中にないという態度をとっていたからだ。

「山本部長の言う通りだ。こんなものに夢中になる神経を疑わざるを得ないね。甲山くんだって内心は失敗だったと思ってるだろう？　広告プロダクションが制作したＣＭ映像のパイロット版を数えられんくらい観てきたが、それに比べても、こりゃあ駄作だ」と言って伊月は、長塚の方に目を遣る。

それは、甲山よりも長塚の同意を求める視線にも思えた。

「思い入れが強すぎたことは、本人かてよう分かってると思いますんや」そう言って甲山が

「門川くん、座らせてもろたらどうや」とささやいた。

「はあ」僕はゆっくり椅子に座った。活動弁士のように、ずっと立って映像の説明をしていたので、ふくらはぎの辺りがこわばってるのが分かった。警備の仕事で立ちっぱなしには馴れていたのに、緊張していたせいか太ももにも筋肉痛を感じる。

「一人のアルバイトの思い入れに予算をつけろと言ってるんだよ。甲山くんともあろう者がそんな無理を通すからには、他に思惑があるんだろう?」伊月は含み笑いを見せた。

「他に思惑ですか。そうですね、あるいうたらあるし、ないちゅうたらないですね」笑い声で甲山が言う。

この人の度胸はどこからくるんだ。

「甲山くん、ふざけてもらっては困る。我々は、そこのアルバイトくんのように自由気ままな身体じゃないんだよ」

「伊月さん、それは言い過ぎや」きっぱりと甲山が言った。

「何だと!」

おしまいだ。僕はこの仕事が、すべて無駄骨に終わってしまうと宙を仰いだ。白い天井を見つめていると、浅利ひさや水谷登美、そして帯屋老人の顔が浮かんだ。

「駄作だ」長塚のドスの利いた声が会議室に響いた。

「でしょう? 甲山くん、今日の会議はこれで終わりだ」伊月は、薄笑みを浮かべて席から立とうと腰を浮かせた。

「駄作だが、作品としての力は、ある」長塚が正面を向いたまま、重い口調で言った。

「……作品の力。どういうことです？」伊月が座り直す。

「駄作だといったのは、感情移入し過ぎているからだ」

「ですから、その過度な感情移入がよくないんですよ、ね」伊月が曖昧な言い方をした。

「何かあることは、確かだ」

「そうですかね」伊月は渋い顔で長塚を見る。

「だが、ドキュメンタリー映画としては、駄作だ」

「そうですよね。私も、そのように思ってました。宣伝なんかになるはずがないですよね」

伊月の言葉には、もみ手が見えた。

「どこらへんが、あかんのです？」と長塚に訊いたのは甲山だ。

僕は甲山の後頭部に目を遣る。甲山は長塚を見つめている。

「事実誤認だからだ。帯屋の想像を鵜呑みにしているに過ぎん」

「和美はんのことですか」

「そうだ」

「自殺やないと？」

「あれは事故だ」

「なんで、そない思われるんですか」

「水谷は勇敢な兵士だった、それが理由だ」言い切る長塚は、相変わらず前を向いたままだ。

「自殺するはずあらへん、ということですか」

「そうだ。同じ死ぬなら、敵艦に一矢報いる方を選択する。それが勇敢な兵士だ」

それはそうかも知れないが、和美は仲間の命を救いたかったんだ。いや、欠陥品の潜水具で無駄死にする作戦そのものを止めさせたかったにちがいない。

「水谷さんは、長塚さんの考えとは違う意味で、勇敢な兵士だったんです」僕は立ち上がって、長塚を見下ろした。

「自己犠牲か？」長塚が鼻で笑った。

「言うのは簡単ですが、できることじゃないです」自分の思いを上手く表現できないもどかしさに歯ぎしりした。

「あの時代の兵士は全員、愛する誰かを守るために命がけだったんだ。つまり自己犠牲の精神だけで戦っていたと言ってもいい」

「それは、そうかもしれませんが……。じゃあなぜ、潜水具の欠陥を調べなかったんですか」

点検してほしいという和美の要望を受け入れなかったのは、他ならぬ長塚なのだ。点検さえしていれば、事態は変わっていた。菊池に代わって和美が実験台になることもなかったはずではないか。

「点検して改善できる代物ではない」

「どういうことですか。じゃあ長塚さんも……」

「水谷が判断できる程度のこと、わしが分からんとでも？」

「なんてことを。あなたは欠陥があると知っていながら、部下にそれを付けて潜らせたと言うんですか」

長塚は返事をしなかった。

「ちょっと待てや、門川くん。ドキュメントとしては、双方の言い分を聞かへんのは、やっぱり良《よ》うないんとちゃうか」甲山が、僕と長塚の話に割って入った。そして今度は「どうですか、長塚さん。カメラの前で喋ってもらえませんか」と言った。

そのとき僕は、甲山が長塚を同席させた意味を知った。

23
（長塚忠夫の証言）

帯屋のドキュメンタリー映画を制作すると聞いて、わしは反対した。その発端が、彼の孤独死であったというだけなら、反対はしなかっただろう。

しかし君は、帯屋の遺したノート、並びに何某かの映像を収めた8ミリフィルムに興味を持ったという。それにはどうしても賛成はできなかった。

その理由は二つある。一つは、彼がノートに遺した「このまま飲み込むつもりだ」という文言だ。一度死を覚悟した人間が、墓場まで持っていくと言っているのだ。これは遺言だ。それほどの重みがある。尊重してやるべきなのだ。わしは、それを君にきちんと言ったはずだ。

二つ目は、帯屋の半生を振り返るとなれば、戦争体験に必ず触れることになる。ましてや帯屋は、あの極秘作戦に関与しておった。

あの作戦が、再び表沙汰になるのには耐えられん。かかわった人間は、生きている。その心の古傷に触れてもらいたくなかったからだ。

わしは、確かに廃人のようになった帯屋が、極秘作戦のことを喋ってしまうことを以前から恐れていた。

大阪に連れてきて仕事を与え、わしが持っていた萬栄荘に住まわせたのも、彼を監視するためだと認める。映画の仕事にかかわれば、そのうち帯屋が立ち直り、わしら同様、忌々しい記憶を胸にしまい込み生きてくれると思っておった。

ところが何を思ったか、水谷の死に疑問を持ち始めた。わしに、実験前日の水谷の様子を何度も訊いてきた。その頃すでに、帯屋はアルコールなしではいられない状態のようだった。

ちょうどわしの持っていた竹林が、巨大なニュータウンの一部となって生まれ変わる時期だった。生活そのものを変えるにはそこに住まわせるのが得策と転居させた。

保身だ？　違う！　わしは保身なんかで、水谷の事故死を隠したかったんじゃない！　軍の名誉を守りたいのでもない。

あの作戦が無謀なものであることは、重々分かっておった。それに潜水具のお粗末さもな。

だが上の命令は絶対だ。わしごときが抗ったところで何にもならん。

では実際に何があったのか。それは、帯屋にも話さなかったことだ……。

実験の前の夜、水谷はわしにこう言った。菊池に万一のことがあったら、この作戦の重要な戦力を失うことになる、と。人間機雷での最大の敵は、真っ暗な夜の海への恐怖心だ。漁師の菊池は、まったく海を怖がらなかった。いや逆に海の怖さを知っていて、心構えができているのかもしれん。息の仕方、水の抵抗の受け方が他の者とは格段に違っていた。

わしは水谷の言葉に気持ちを動かされ、菊池との交代を認めたんだ。

水谷は、実験の失敗という不名誉を被ろうとした。しかし命を捨てようと思ったんじゃない。あいつは戻ってくるつもりだった。断じて事故だったんだ。

すべてわしの責任だ。君が水谷の妹さんから借りてきたフィルムだが、あれは笑っているんじゃない。

あれは……歌を唄っているんだ。

苛性ソーダの入った清浄缶は三十センチ四方の金属製の箱で、その役割の一つは炭酸ガスの吸収だが、いまひとつは……金属の反響を利用して海中で会話をするというものだった。本当に水圧を受けても反響するか、まだ充分ボンベに空気があるときに歌を唄って試してくれと……。

そんな馬鹿な実験をしたんだ。それも大まじめに！　そうせざるを得なかったのが、あのときの日本だ。その日本を必死で守ろう、いや守ってきた人間が、帯屋だ、楠瀬だ、菊池だ、そして水谷なんだ！

水谷は、おそらくあのノートにあったズンドコ節を唄って、死んでいったにちがいない……。

もういい、カメラは切れ！　わしの涙など絵にならん。

24

僕の作品は、結局お蔵入りとなった。それでもバイトをクビにならなかったし、調査にかかった経費や制作費ももらうことができた。

思惑が外れた甲山が、僕のせいで左遷でもされるのではないかと心配した。けれど、次世代型高齢者マンション運営の統括部長として親会社に栄転した。

管理人室にふらっと顔を見せた甲山が、「『脱・孤独死、さらば無縁社会』ちゅうスローガンをボンと打ち出したんが功を奏したようや。つまり、死に様より生き様を見ろっていうあのドキュメンタリー映画こそ、わし自身を本社へ売り込むプレゼン資料になったというわけや」と大声で笑った。

「そうですか」

僕の映画も、少しは役に立ったということだ。

「実はな、門川が初めてやったんや」と言って含み笑いを見せた。

「初めてって、何がです？」

「ここで亡くなった人のことを、ずっと名前で呼び続けたんは」

「はあ。けどそんなの普通じゃないですか」

「いや、みんな日が経つと、あの爺さんとか、死んだ人とか、そんな具合になっていく。おまえさんは、十把一絡げに扱わんと、あくまで帯屋はんちゅう個人を見てきた気がすんねん。門川、言うてたやろ孤独死やのうて、帯屋はんの人生を追いたいって」

「ええ。そのつもりでやってきました」

「まあよう考えたら、孤独やと思て死んだかどうかなんて、分からへんもんな。本人に訊けへんのやからな」甲山がいっそう豪快に笑った。そして、「おっと忘れるとこやった。これ預かってきた」と言って大きな封筒を僕に投げて寄越し、管理人室から出て行った。

封筒を見ると大阪映画アカデミーというロゴタイプがある。僕も知っている映像関係の専門学校だ。

どうして僕にこんなものを。

半信半疑で封筒を開いた。中から専門学校の設備やカリキュラムを載せたパンフレットが出てきた。

そんなお金も時間もあるわけないだろう。

封筒をデスクの上に放り投げた。すると三つ折りの紙片が封筒から顔を出した。

紙を手に取って開くと、便せん二枚に達筆な手書きの文字が並んでいる。

前略　相変わらず掛け持ちのアルバイトで貧乏暇無しの暮らしを続けていることだろう。寸暇を惜しんで、地味な映画を楽しんでおるか？　あのドキュメンタリー映画は残念な結果に終わったと聞いた。

まあ当然だな。あれほど錯誤に満ち、難点も目立った作品も珍しいからな。欠点を数えれば切りがなく、まさに見るに耐えん出来だった。

そこで提案だ。専門学校で一から映画を勉強してはどうだろうか。お節介は承知で、入学の手続きは済ませた。だから、入学金などのつまらん心配はするな。

言っておくがけっして感謝もするな。君のためにするんじゃない。君のような劣等生をその学校に送り込んで、どうしても苦労させてやりたいやつがおるんだ。そいつを大いに苦しめたい。

明日からか、来月からでもいい。気が向いたときから通え。アルバイトを言いわけにするな。覚悟を決めるんだ。いま稼いでいる生活費ぐらいは何とでもしてやる。その代わり、必死で学ぶんだ。

お書き忘れるところだった。帯屋の8ミリ映像には多くの難点があるが、それらを凌駕するものがあった。水谷登美の脈打つ鼓動をとらえていた。あれは本物だ。それを見抜いた君も、磨けば本物になる可能性がある。そんなところだ。

匆々

長塚忠夫

追伸

帯屋が決して孤独でも無縁でもなかったと証明してくれたこと、感謝している。キネマ旬報に帯屋の投稿文が掲載されていたのを愚息が見つけた。そのコピーを同封する。

高飛車で決めつけ、ぼろくそに言われているのに、僕は嬉しくて心が温かかった。変な手紙だ。こんな気持ち味わったことがない。

すぐに帯屋の文章を読みたかったが、彼との再会は、懐かしいような怖いような心境で躊躇した。

先にパンフレットを手にし、中をぱらぱらとめくってみた。そして僕は、学校長の名前を見て笑った。そこには長塚忠信とあった。大いに苦しめたい相手というのは、おそらく長塚の言うところの愚息なのにちがいない。長塚と映画談義をした暑い夏の日のことを、僕は思い出していた。

そして、同封されている雑誌の投稿文のコピーを手に取った。二年前のキネマ旬報の読者投稿欄だった。

『映画が教えてくれたこと』　　大阪府　帯屋史朗

子供の頃観た映画に憧れ、大の映画好きになりました。映画に関する仕事に就きたくて映写技師となり、私の側にはいつも映画のフィルムがあったのです。

八十歳を超えていま思うことは、フィルムは人生に似ているということです。映画には取るに足らない無駄なシーンばかりのもの、浮ついた台詞ばかりのもの、不幸なストーリーに終始する暗いものなどがあります。また逆に何もかも上手く運び、人生の絶頂を極めた幸せなものもあります。

しかしそのフィルムの善し悪しは、すべてを見終わった後、そこはかとなく感じるものです。オープニングだけでも、またエンディングだけを観て判断するものでもありません。私は最悪のエンディングだと評される作品をいくつか観たことがあります。けれども中には心に残り、惹かれ続けているものもあります。

戦争で亡くなった友がいます。彼の最期はけっして幸せではありません。だからといって彼の短い一生が、何の意味もないものだといえるのでしょうか。

彼が輝いていた時間があったことを私ははっきりと覚えています。心中には鮮やかに、青春時代の彼が蘇るのです。エンディングは最悪でも、彼の青春時代が色あせるものではありません。それまで多くの人が彼と関わり、彼との時間を共有してきた事実は消えないからです。いうなれば、みんなが彼を主人公とした映画のキャストだったのです。

誰の人生のフィルムも終わりを迎えます。一本の人生フィルムには、光を放った時間、名台詞、幸せなシーンが必ず存在するはずです。

さて私のリールに残されたフィルムも長くはないでしょう。私の人生のエンディングがどんなものであれ、エンドロールには多くのキャストの名前が連なることでしょう。そこに誇りの持てる人生を送ってきたつもりですし、今後もそうするつもりです。

解説

さわや書店フェザン店
田口幹人

東日本大震災が起こった二〇一一年は、東北にとって忘れてはいけない一年となった。地鳴りを伴う大きな揺れと見たこともない大きな波の壁が、日常の営みと営みの跡を一瞬にして飲み込んだ。一五八八三人という多くの尊い命を奪い、いまだに二六五一人もの方々の行方がわかっていない。甚大な被害を被った被災地では、今なお復旧の先にある復興の光を信じ、踏ん張る被災者の姿がある。失意のどん底から、前を向き一歩を踏み出す勇気をくれたのは、世界中から頂いた支援と励ましだった。その想いに対する感謝と、恩返しの気持ちこそが、被災地に暮らす人たちの原動力のひとつとなっている。

あの時、多くの被災者、いや日本全国の多くの人たちが感じたものは、「繋がり」だったのではないだろうか。縁が強く残る東北の地でさえ、地域住民のつながりが希薄になりつつあると感じていた矢先に起きた先の震災が、今一度「絆」や「繋がり」というものの大切さを意識させてくれた。本書は、その年の十一月に出版された作品を改題し、この度文庫化された。物語には、人を救う力があるのだということを実感させてくれた物語だった。あの年、『しらない町』(単行本時のタイトル)という物語に出会って救われた者の一人として、力不足ではありますが、感謝の気持ちを解説に込めさせて頂きたい。

本書は、映画監督を夢見て田舎を飛び出したが挫折し、夢を叶えるためと自分に言い訳をしながら大阪のアパート管理会社でアルバイトをしている主人公・門川誠一が、アパートの一室で、誰にも知られることなく亡くなった独居老人・帯屋史朗の遺品を整理していた際に、8ミリフィルムとノートを発見する場面から物語が始まる。映画監督を夢見た門川は、遺された8ミリフィルムに強い興味を示す。その8ミリフィルムに映っていたのは、行商のために重いリヤカーを引き集落を渡り歩く一人の優しい笑顔が印象的な女性だった。そしてもう一つの遺されたノートには、意味不明な詩が記されていた。なぜ老人は、8ミリフィルムとノートを大切に保管していたのだろうか。そして8ミリフィルムとノートに導かれるように老人の人生を辿りドキュメンタリーを撮ることを決め、8ミリフィルムが撮られた場所と帯屋老人のゆかりの人たちを訪ねて歩く旅が始まる。その先でたどり着いたのは、戦争という時代を共に生きた戦友たちの想いと、在りし日の故郷を伝える想いだった。そこには、たしかに帯屋老人は生きていたのだ。老人の足跡の向こうには、人と人との絆が確かに存在していた。その足跡は、決して小さいものではなく、帯屋老人のゆかりの人たちの人生にとっても、忘れる事ができないほど大きな足跡だった。帯屋老人の足跡を追いながら明かされてゆく真実は、限界集落や老人の孤独死、そして薄れゆく戦争体験という現代が抱えるいくつかの問題を浮かび上がらせた。非常に重要な要素として戦争体験が描かれている。太平洋戦争が終戦を迎え六十八年が過ぎた今の世の実際に戦争を知らずに育った世代に向けて、戦争の悲惨さや戦争が遺したものを正面から問いかけてくれた。戦後に生まれた私たちは、実体験としての戦争を語り継ぐことはできない。六十八年前、たしかに戦争は終わった。しかし、その時代を生きた人たちが抱えた苦しみは癒えることなくずっと続いているのだ。この聞き語りで語られてゆく物語が読み継がれることで、昔確かにあった戦争という出来事を通じて、「今を生きている」という事を感じてゆくのだと実感した。

本書は、不思議なことにこれらのテーマ性からは連想できない温かな読後感に、希望を見出すことができる物語となっている。孤独死、限界集落など、人の繋がりの希薄さが社会問題となっている「無縁社会」と呼ばれる今こそ伝えたい、絆と想いの物語だ。

自分の死が多くの人を救う。たとえそれが犬死にだったとしても。いろいろな人のご縁で生かされている実感がそこにある。人は、一人では生きていけない。人は、生まれてからずっと、必ず誰かと繋がって生きてゆく。どんな土地に生まれて、どんな生き方をしたのか、それを覚えていてくれる誰かがいる限り、人は孤独ではない。そしてそれはきっと土地の歴史や記憶にも同じことが言えるかもしれない。その地の歴史は、そこに住んだ者たちの足跡の積み重ねで出来ているのだから。どんな人間にも足跡がある。人生の最期を迎えたとき、頭の中に流れてくるだろうエンドロール（走馬灯）に、自分が生きてきた証を証明してくれる縁を繋いだ方々がいるでしょう。本書は、自分が死ぬとき、縁のあった方々に、笑顔で感謝してその時を迎える人間でありたいと思わせてくれた。

二〇一一年、多くの別れと慣れ親しんだ故郷の景色が失われるのを目の当たりにした。しかし、亡くなった一人一人が繋いだ縁がある限り、失われた故郷の記憶ある限り、きっとその人たちの心の中に生き続けるだろう。それが、門川が見た景色と触れ合った人々がいる限り、生き続けるであろう帯屋老人の人生が重って見えた。

本書を読み終えた時、この一冊に救われたと思った。あの時、この一冊と出会わなければ、まだ一歩を踏み出すことができずにいたかもしれない。これほど物語の持つ力を実感させてくれる作品に出会えることは少ない。私がそうだったように、本書がこれから出会う誰かの救いとなるお手伝いができれば幸いです。

※この小説の最終稿を編集部に送った直後の二〇一一年（平成二三年）三月一一日、未曾有の大災害、東北地方太平洋沖地震が起きました。被災された地域の皆様、関係者の皆様に心よりお見舞い申し上げます。主人公である門川が見た風景や触れあったであろう人々は、この作品がある限り、永久に生き続けていくものと信じています。

一日も早い復旧・復興を祈りつつ　作者

〈参考文献〉
『人間機雷「伏龍」特攻隊』瀬口晴義（講談社）

本書は二〇一一年十一月に刊行した『しらない町』を改題し、
加筆の上、文庫化した作品です。

著者略歴　1961年京都市生，作家
著書『東京ダモイ』『思い出探偵』『時限』『救命拒否』『京都西陣シェアハウス』他多数

HM=Hayakawa Mystery
SF=Science Fiction
JA=Japanese Author
NV=Novel
NF=Nonfiction
FT=Fantasy

エンドロール

〈JA1144〉

二〇一四年一月十五日　発行
二〇一四年五月三十一日　四刷
（定価はカバーに表示してあります）

著　者　鏑《かぶら》木《ぎ》　蓮《れん》
発行者　早　川　　浩
印刷者　草　刈　龍　平
発行所　株式会社　早　川　書　房
郵便番号　一〇一‐〇〇四六
東京都千代田区神田多町二ノ二
電話　〇三‐三二五二‐三一一一（大代表）
振替　〇〇一六〇‐三‐四七七九九
http://www.hayakawa-online.co.jp

乱丁・落丁本は小社制作部宛お送り下さい。
送料小社負担にてお取りかえいたします。

印刷・中央精版印刷株式会社　製本・株式会社フォーネット社

ISBN978-4-15-031144-5 C0193

本書は活字が大きく読みやすい〈トールサイズ〉です。